推活

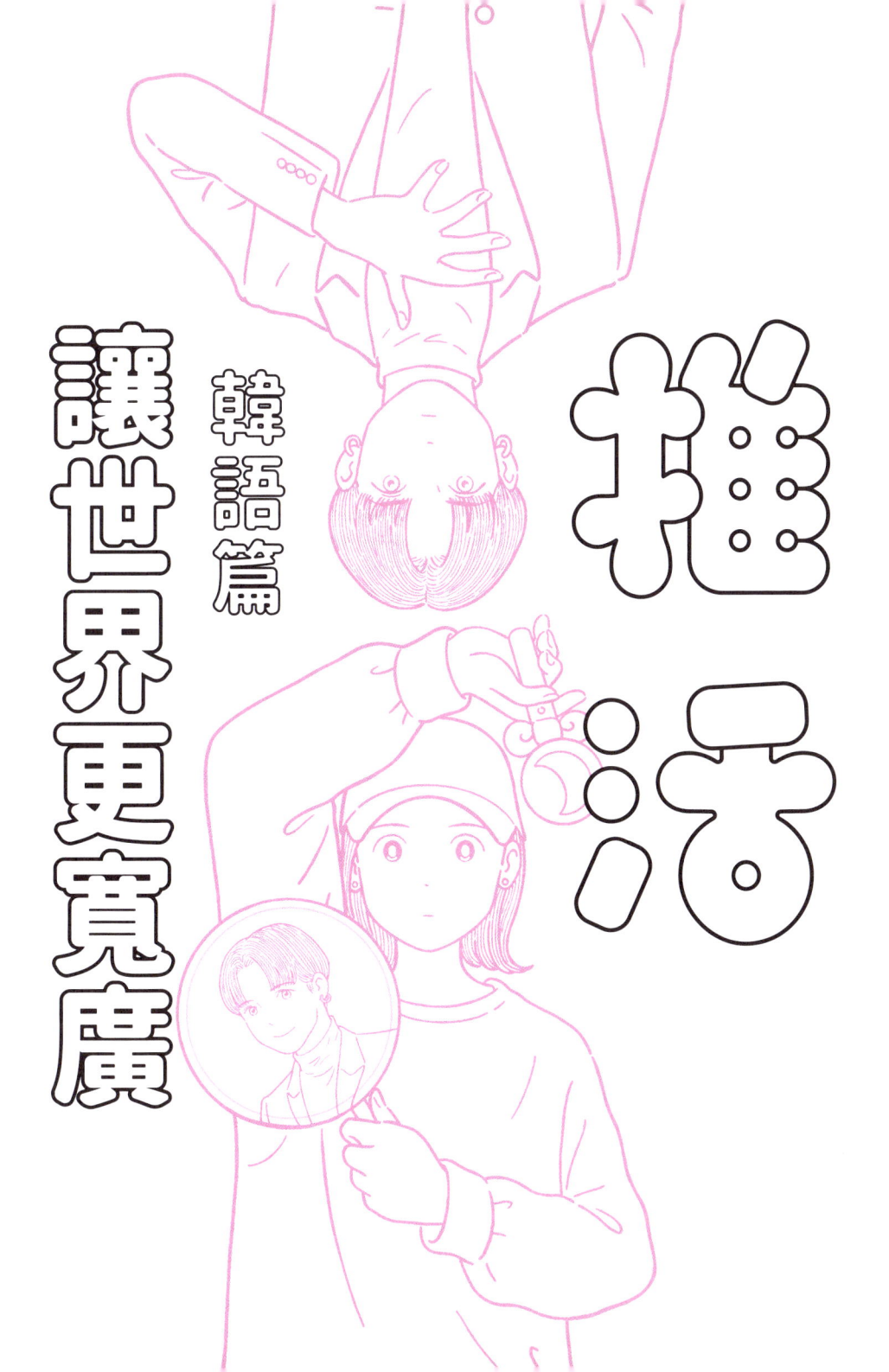

韓語篇

讓世界更寬廣

INTRODUCTION
前言

透過社群網路和影片串流平台，我們可以享受來自世界各地的作品，並向全世界展示我們對作品、演出者及角色的愛。雖然有字幕和自動翻譯，但如果能懂外語，就能更加深入地理解對方，還能將自己的想法完整地表達出來。因此，我們先著眼於英文，介紹讓御宅族在追星時能夠派上用場的字彙，於是出版《推活讓世界更寬廣‧英語篇》。在英語圈御宅族的協助下，收集相關的生活字彙引起強烈的共鳴，不少御宅族幾乎是人手一本。繼英語篇之後呼聲最大的，就是這次的韓語篇了。正如大家所知，包括 K-POP 和電視劇在內的韓國作品在全球掀起了極大的關注。同時，韓國獨特的追星文化也開始廣爲人知。例如，偶像發表新歌後積極參加節目等活動的「回歸」、以一台攝影機追蹤偶像表演的畫面「飯拍」、粉絲們爲了慶祝本命的生日或紀念日而共同出資刊登廣告或舉辦活動的「應援」。原本只是韓國的特有文化，但最近不僅是日本，連其他國家也開始慢慢跟進。另一方面，在韓國，日本的「御宅族」這個詞彙也已經深植人心，連「推／本命」和「坑」等概念也是相同的。藉此發現到這是多麼有趣的世界，也是出版《推活讓世界更寬廣‧韓語篇》的用意。我們不僅希望這是一本能派上用場的實用語言書，更希望這是一本理解韓國文化、讓人津津樂道的讀物。

준비됐어요？　　（準備好了嗎？）

就讓我們一起來探索讓人著迷，無法自拔的《推活讓世界更寬廣‧韓語篇》世界吧。

學研Plus　編輯部

HOW TO USE

本書的使用方法　本書介紹了在韓國娛樂圈追星時可以派上用場的韓語句子。章節主要分為單詞頁和句子頁，結構如下：

單字頁面　　CHAPTER 1

「回歸」、「飯拍」……
學習韓國娛樂圈的基本單詞！

【基本單詞】

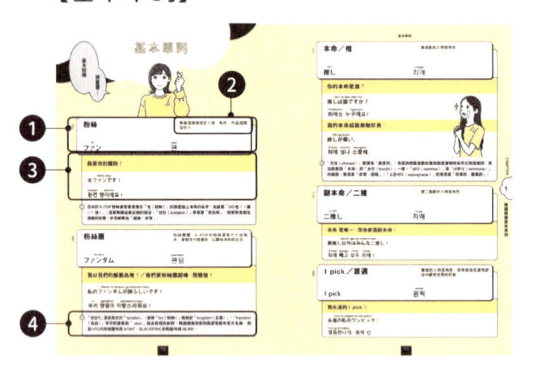

❶ 詳細列出韓國娛樂圈的追星活動中常用的67個基本詞彙與讀音。

❷ 列出單詞的意思。有些詞會有好幾個解釋，不過這裡只擇其一來介紹。

❸ 列出與標題詞語相關的實用例句。

❹ 解釋詞語的由來和近義詞，方便讀者理解。

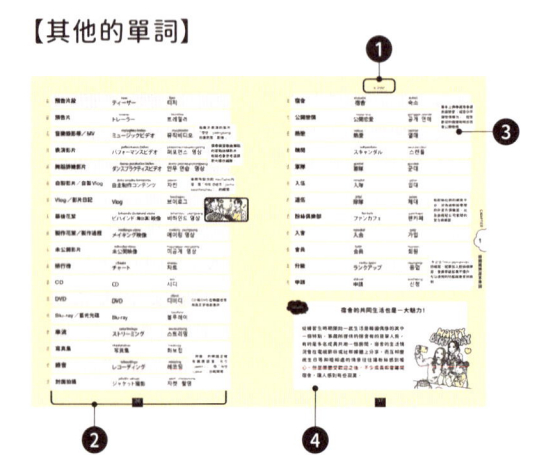

【其他的單詞】

❶ 分為「K-POP」和「影片・社群媒體」等類別。

❷ 按類別收錄了300個常用的詞彙及其讀音。

❸ 對話框內為解釋詞語的由來和近義詞。

❹ 刊載與各類別有關的迷你知識。

句子頁　　CHAPTER 2~6

聽懂本命說的話！留言可以派上用場！

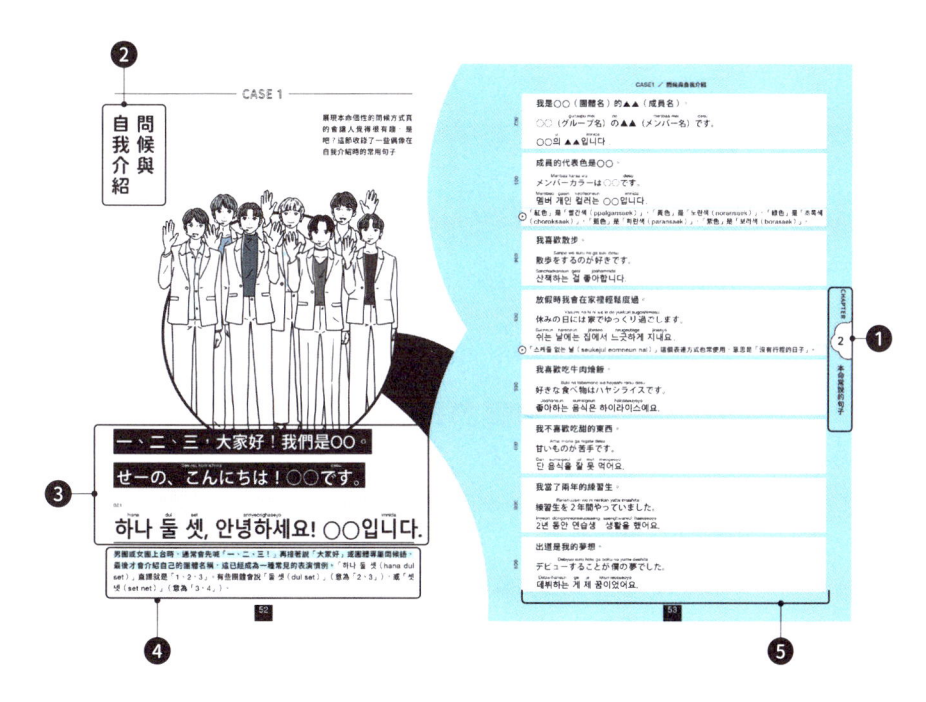

❶ 根據對象和情境分成「本命所用的句子」、「想對本命說的話」等章節。
❷ 依各個情境加以細分。
❸ 列出三個具代表性的句子及其讀音。
❹ 解釋文化背景和文法。
❺ 列出相關句子及其讀音。

為了初學韓文的讀者們，繁中版特別收錄中文、日文、韓文三國語言，並且放上日文、韓文的羅馬拼音，以便學習。其中，韓文的拼音邏輯皆以「韓語羅馬字表記法」標準而定。

CONTENTS
目錄

CHAPTER 1　韓國娛樂基本單詞

基本單詞	10
K-POP	32
電視・電影	38
影片・社群媒體	42
演唱會・劇場	44
觀光・美食	46
美容・時尚	48
COLUMN 綜藝節目的字幕	50

CHAPTER 2　本命常說的句子

CASE 1	問候與自我介紹	52
CASE 2	向粉絲傳達愛意	54
CASE 3	主持演唱會炒熱氣氛	56
CASE 4	向粉絲報告	58
CASE 5	向粉絲提問	60
CASE 6	請求粉絲協助	62
CASE 7	感謝粉絲	64
COLUMN 偶像的口號		66

CHAPTER 3　向本命傳達心意的句子

CASE 1	問候與自我介紹	68
CASE 2	表達愛意	70
CASE 3	讚美	74
CASE 4	提問	78
CASE 5	提出要求	82
CASE 6	慶祝	86
CASE 7	鼓勵	88
CASE 8	感謝	90
CASE 9	應援與關心健康	92
COLUMN	粉絲信的寫法	94
COLUMN	在演唱會能派上用場的加油口號	106

CHAPTER 4　與宅友交流時能派上用場的句子

CASE 1	分享推及本命的魅力	108
CASE 2	分享作品的感想	114
CASE 3	提問・呼籲	120
CASE 4	回應留言或評論	124
CASE 5	參加活動	128
CASE 6	參加商品販售會	132
CASE 7	聖地巡禮	136
COLUMN	社群媒體上常用的縮寫	138

CONTENTS

CHAPTER 5　與管理團隊溝通的實用句子

CASE 1	傳達意見和建議	140
CASE 2	洽詢	146
CASE 3	感謝與慰勞	150
COLUMN	正式電子郵件的寫法	154

CHAPTER 6　去韓國時的實用句子

CASE 1	與會場的工作人員溝通	158
CASE 2	與當地的粉絲交流	160
CASE 3	觀光	162
COLUMN	韓國的交通與購物	164

CHAPTER 7　告訴我！韓國娛樂追星小故事

劇團雌貓和韓國娛樂迷的座談會	166
詢問了100位御宅族 韓國娛樂追星情	174

CHAPTER 8　韓語的基本　179

索引　193

CHAPTER **1**

韓國娛樂基本單詞

基本單詞

基本知識很重要！

001 粉絲

熱愛並應援特定人物、角色、作品或任何類別的人。

fan	paen
ファン	팬

我是你的鐵粉！

Daifan desu
大ファンです！

Wanjeon paenieyo
완전 팬이에요!

▶ 日本的K-POP粉絲通常會直接在「팬（粉絲）」的前面加上本命的名字，也就是「OO 팬（～飯／～迷）」。這是韓國追星必用的說法。「완전（wanjeon）」原意為「完全地」，但受到某知名偶像的影響，亦可解釋為「超級、非常」。

002 粉絲團

粉絲團體。K-POP的粉絲凝聚力十分強大，會聯合刊登廣告，以慶祝本命的生日。

fandamu	paendeom
ファンダム	팬덤

我以我們的飯圈為榮！／我們家粉絲團超棒，我驕傲！

Watashi no fandamu ga hokorashii desu
私のファンダムが誇らしいです！

Uri paendeomi jarangseureowoyo
우리 팬덤이 자랑스러워요!

▶ 「팬덤이」源自英文的「fandom」，是將「fan（粉絲）」和用於「kingdom（王國）」、「freedom（自由）」等字的接尾詞「-dom」結合而成的新詞。韓國偶像的粉絲團通常都有官方名稱，例如 BTS 的粉絲團叫做 ARMY，BLACKPINK 的則是叫做 BLINK。

基本單詞

003 本命／推

最喜歡的人物或角色。

oshi
推し

choeae
최애

你的本命是誰？

Oshi wa dare desu ka
推しは誰ですか？

Choeaeneun nuguyeyo
최애는 누구예요?

我的本命超級無敵珍貴。

Oshi ga toutoi
推しが尊い。

Choeae neomna sojunghae
최애 넘나 소중해.

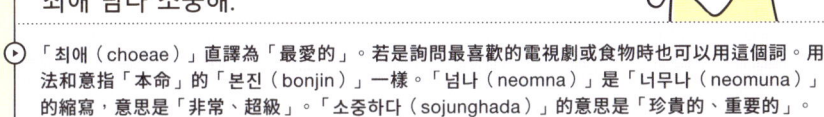

▶ 「최애（choeae）」直譯為「最愛的」。若是詢問最喜歡的電視劇或食物時也可以用這個詞。用法和意指「本命」的「본진（bonjin）」一樣。「넘나（neomna）」是「너무나（neomuna）」的縮寫，意思是「非常、超級」。「소중하다（sojunghada）」的意思是「珍貴的、重要的」。

004 副本命／二推

第二喜歡的人物或角色。

ni oshi
二推し

chaae
차애

本命是唯一，其他都是副本命！

Saioshi igai wa minna ni oshi
最推し以外はみんな二推し！

Choeae ppaego modu chaae
최애 빼고 모두 차애!

005 1 pick／首選

最推的人物或角色。原意是指在選秀節目中觀眾投票的對象。

wan pikku
1 pick

wonpik
원픽

我永遠的 1 pick♡

Eien no watashi no wan pikku
永遠の私のワンピック♡

Yeongwonhan naui wonpik
영원한 나의 원픽 ♡

CHAPTER 1 韓國娛樂基本單詞

唯粉／單推

只應援某位特定成員的方式。

単推し (tan'oshi)

개인팬 (gaeinpaen)

我參加了唯粉的網聚。

単推しファンのオフ会に行きました。(Tan'oshi fan no ofukai ni ikimashita)

개인팬들의 정모에 갔어요. (Gaeinpaendeurui jeongmoe gass eoyo)

▶「개인（gaein，個人）」＋「팬（paen，粉絲）」＝「唯粉」。在韓國的粉絲圈中，公開表明唯粉可能會不被歡迎，要留意。

團粉／箱推

應援整個團體的方式。

箱推し (hako oshi)

올팬 (olpaen)

我本來是唯粉，現在變成了團粉。

単推しから始めて、箱推しになりました。(Tan'oshi kara hajimete, hako oshi ni narimashita)

개인팬으로 시작해서 올팬이 됐어요. (Gaeinpaeneuro sijakaeseo olpaeni dwaesseoyo)

▶「올（ol，英語的「all」）」＋「팬（paen）」＝「團粉」。

旋轉門

像旋轉門般依序喜歡團隊裡的成員。

回転ドア (kaiten doa)

회전문 (hoejeonmun)

我的追星人生是沒有出口的旋轉門。

私の推し活は、出口のない回転ドア。(Watashi no oshi katsu wa, deguchi no nai kaiten doa)

내 덕질은 출구 없는 회전문. (Nae deokjireun chulgu eomneun hoejeonmun)

▶ 韓國特有的表達方式。原意是指迅速脫粉。

基本單詞

009 候鳥粉／花心粉／爬牆粉

就像遷徙的候鳥一樣，不停地換本命。

wataridori	cheolsae
渡り鳥	철새

我是候鳥粉。

Watashi wa wataridori (no you na) fan desu
私は渡り鳥（のような）ファンです。

Jeon cheolsaepaenieyo
전 철새팬이에요.

> 韓國特有的表達方式。有時也用來形容那種經常更換政黨的政治家。

010 入坑

完全迷上了本命，像掉入沼澤逐漸沉沒般，無法自拔。

numa ochi	ipdeok
沼落ち	입덕

偶然看了相關影片就入坑了。

Guuzen, kanren douga wo mite numa ochi shimashita
偶然、関連動画を見て沼落ちしました。

Uyeonhi gwallyeon yeongsang bogo ipdeokaesseoyo
우연히 관련 영상 보고 입덕했어요.

讓我入坑的點是他們的刀群舞。

Numa ochi shita kikkake wa, kirekkire no dansu desu
沼落ちしたきっかけは、キレッキレのダンスです。

Ipdeok pointeuneun kalgunmuyeyo
입덕 포인트는 칼군무예요.

> 「입（ip，進入）」+「덕（deok，御宅族）」=「進入宅圈」，也就是入坑。「입덕포인트（ipdeokpointeu）」直譯為「掉入沼澤的點」，引申為「入坑的契機」。不承認自己入坑的時期稱為「입덕 부정기（ipdeok bujeonggi）」，也就是「入坑否認期」。

011 宅活

御宅族在有興趣的類別中從事的活動。

ota katsu	deokjil
オタ活	덕질

追星不分年紀。

Ota katsu ni nenrei wa kankeinai
オタ活に年齢は関係ない。

Deokjire nai eopda
덕질에 나이 없다.

CHAPTER 1 韓國娛樂基本單詞

13

御宅族／偶像迷

熱衷於某個嗜好，或應援特定類別及本命的人。

otaku
オタク

odeokhu （deokhu）
오덕후 (덕후)

我是個追星狂／偶像迷。

Watashi wa aidoru otaku desu
私はアイドルオタクです。

Na　aidol　deokhuyeyo
나 아이돌 덕후예요.

御宅族會改變世界的。

Otaku ga sekai wo kaeru
オタクが世界を変える。

Deokhuga　sesangeul　bakkunda
덕후가 세상을 바꾼다.

▶「御宅族」的韓語是「오덕후（odeokhu）」，縮寫是「덕후（deokhu）」，又可縮略成「덕（deok）」。而「反正都要追星，那就快樂地追吧！」這句韓語原本是「어차피 덕질할 거 행복하게 덕질하자（eochapi deokjilhal geo haengbokh age deokjilhaja）」，現縮簡成「어덕행덕（eodeokhaengdeok）」，是韓國宅圈的名言。

追星事故／入坑車禍現場

就像突如其來的意外般，瞬間深陷其中。

totsuzen no numa ochi
突然の沼落ち

deoktongsago
덕통사고

我發生了追星事故。

Totsuzen numa ochi shichatta
突然沼落ちしちゃった。

Deoktongsago　danghaetda
덕통사고 당했다.

▶將意指「交通事故」的「교통사고（gyotongsago）」第一個字，也就是「교（gyo）」換成意指「御宅族」的「덕（deok）」而來的詞。

分享（免費贈送）

粉絲們會互相免費分發應援布條（應援手幅）或收藏卡等周邊。

wakachiai　（muryou haifu）
分かち合い（無料配布）

nanum
나눔

免費贈送，請收下～！／飯圈福利時間，周邊免費拿走不謝！

Muryou haifu suru node,　　　　　moratte kudasai
無料配布するので、もらってください～！

Nanum　bada　gaseyo
나눔 받아 가세요~!

015 休坑／暫時退坑

由於工作繁忙或興趣消退等原因而暫停追星。

オタ活休止 (ota katsu kyuushi)　　**휴덕** (hyudeok)

現實生活太忙，所以要暫時休坑。

現実の生活が忙しいので、オタ活休止します。
(Genjitsu no seikatsu ga isogashii node, ota katsu kyuushi shimasu)

현생이 바빠서 휴덕합니다.
(Hyeonsaengi bappaseo hyudeokamnida)

▶「휴（hyu，休息）」+「덕（deok，御宅族）」=「休坑」。「현생（hyeonsaeng）」是「현실생활（hyeonsilsaenghwal）」的縮寫，意思是「現實生活」。

016 退坑／脫粉

不再熱衷於御宅族的嗜好或應援本命。

オタ卒 (ota sotsu)　　**탈덕** (taldeok)

休坑可以，退坑不行。

オタ活休止はあっても、オタ卒はない。
(Ota katsu kyuushi wa attemo, ota sotsu wa nai)

휴덕은 있어도 탈덕은 없다.
(Hyudeogeun isseodo taldeogeun eopda)

▶「탈（tal，脫）」+「덕（deok，御宅族）」=「脫離御宅族」，也就是脫粉、退出飯圈。

017 安宅飯／居家追星族

不參加演唱會或活動，在家追星的御宅族。

在宅オタク (zaitaku otaku)　　**안방순이** (anbangsuni)

安宅飯會在心裡應援的！

在宅オタクは心で応援します！
(Zaitaku otaku wa kokoro de ouen shimasu)

안방순이는 마음으로 응원할게요!
(Anbangsunineun maeumeuro eungwonhalgeyo)

▶「안방순이」的最後兩個字有時會改成「안방수니（anbangsuni）」。

018 宅友

一起追星的夥伴。

ota tomo
オタ友

deokme
덕메

> 徵求宅友！
> *Ota tomo boshuu*
> オタ友募集！
> *Deokme guham*
> 덕메 구함！

▶「덕메」是「덕질 메이트（deokjil meiteu，宅圈夥伴）」的縮寫。

019 雜食粉／博愛粉

喜歡各種人物和團體的御宅族。

zasshoku otaku
雜食オタク

japdeok
잡덕

> 帥哥太多，快要變成雜食粉了。
> *Kakkouii hito ga oosugite, zasshoku otaku ni narisou desu*
> かっこいい人が多すぎて、雜食オタクになりそうです。
> *Meosinneun sarami neomu manaseo japdeogi doel geot gatayo*
> 멋있는 사람이 너무 많아서 잡덕이 될 것 같아요.

▶「잡（jap，雜）」+「덕（deok，御宅族）」=「雜食粉」。

020 官方的／正式的／認證的

指偶像的經紀公司、作品版權單位，或是其所屬的社群媒體帳號。

koushiki
公式

opisyeol
오피셜

> 我在等官方發表。
> *Koushiki no happyou wo matte imasu*
> 公式の発表を待っています。
> *Opisyeol tteugireul gidarigo isseoyo*
> 오피셜 뜨기를 기다리고 있어요.

▶「오피셜」是英語「official」的音譯。有時會縮寫成「피셜（pisyeol）」。

021 粉絲見面會／粉絲會

偶像或演員為了與粉絲互動而舉辦的活動，以談話或玩遊戲為主。

fanmi（**fan miitingu**）
ファンミ（ファンミーティング）

paenmi（**paenmiting**）
팬미（팬미팅）

> 終於等到今天粉絲見面會！好緊張喔♡
> *Iyoiyo kyou wa fanmi! Dokidoki*
> いよいよ今日はファンミ！ドキドキ♡
> *Deudieo oneul paenmi! Dugeundugeun*
> 드디어 오늘 팬미！두근두근♡

基本單詞

022 重度玩家／死忠粉絲／骨灰級粉絲

精通某個領域的人。這個詞在韓國原先興起於遊戲世界，之後逐漸普及至其他類型。

gachi zei
ガチ勢

goinmul
고인물

我是K-POP的死忠粉絲。

Watashi wa kei-poppu no gachi zei desu
私はK-POPのガチ勢です。

Jeon　kei-pap　　goinmulieyo
전 K-POP 고인물이에요.

▶ 「고인물」直譯是「聚集在某處的積水」。

023 推友

在Twitter上認識的朋友。

tsuittaa　tomodachi
Twitter友だち

teuchin
트친

我們來互加Twitter吧！

Watashitachi,　　　　tsuittaa tomodachi ni narimashou
私たち、Twitter友だちになりましょう！

Uri　teuchin　haeyo
우리 트친 해요!

▶ Twitter的韓語「트위터（teuwiteo）」與朋友「친구（chingu）」組合而成的縮寫。
（＊編註：Twitter已於2023年更名為「X」。）

024 推坑／傳教／安利

向周圍的人宣傳自己的本命魅力。

fukyou
布教

yeongeop
영업

我被朋友推坑了。

Tomodachi ni fukyou saremashita
友達に布教されました。

Chinguhante　yeongeop　danghaesseoyo
친구한테 영업 당했어요.

▶ 「영업（yeongeop）」直譯是「營業、推銷」。在日本御宅族的用語中，意指「推坑」。

CHAPTER 1　韓國娛樂基本單詞

17

聖地巡禮／朝聖

原本是指造訪宗教聖地，之後引申用來巡訪作品的拍攝地點或舞台。

seichi junrei
聖地巡礼

seongjisullye
성지순례

我去朝聖了！

Seichi junrei ni itte kimashita
聖地巡礼行ってきました！

Seongjisullye danyeowasseoyo
성지순례 다녀왔어요！

▶ 在韓國，參觀作品的取景地或舞台的行為也會用「聖地巡禮」或「朝聖」來比喻。

金手指／巧手

擅長製作周邊商品和同人創作的人。有時也可以用來形容在抽籤等活動中運氣好的人。

kane no te
金の手

geumson
금손

我們飯圈裡高手雲集！／我們家粉絲團根本人才濟濟，超多金手指！

Watashitachi no fandamu ni wa kiyou na hito (kane no te) ga ooi desu
私たちのファンダムには器用な人（金の手）が多いです。

Uri paendeomeneun geumsoni manayo
우리 팬덤에는 금손이 많아요.

第一名公約

就像政治家的承諾一樣，偶像承諾如果在音樂排行榜上拿到第一名，就會對粉絲們做某些事情。

ichii kouyaku
1位公約

irwi gongyak
1위 공약

為了實現第一名公約，我們一定要讓他衝到第一！

Ichii kouyaku wo miru tame ni, zettai ni ichii ni shite yaru
1位公約を見るために、絶対に1位にしてやる！

Irwi gongyak bogi wihaeseo mujogeon irwi mandeunda
1위 공약 보기 위해서 무조건 1위 만든다！

▶ 還有演員為賭上電視劇收視率而承諾的「收視率公約」，韓語是「시청률 공약（sicheongnyul gongyak）」。

站姐

原本是私人粉絲網站的代表。現在用來指稱拍攝偶像的照片（飯拍）並上傳到社群媒體的粉絲。

masutaa
マスター

homma
홈마

站姐的預覽照片也太好看了吧！／哇，站姐的Preview美到炸！

Masutaa-san no purebyuu shashin, kirei sugiru
マスターさんのプレビュー写真、きれいすぎる！

Homma peuribyu sajin neomu yeppeo
홈마 프리뷰 사진 너무 예뻐！

站姐的帳號已關注！／已Follow站姐的帳號！

Masutaa-san no akaunto foroo, kanryou
マスターさんのアカウントフォロー、完了！

Homma gyejeong pallo wallyo
홈마 계정 팔로 완료．

「홈마（homma）」是「홈페이지 마스터（hompeiji maseuteo）」的縮寫，意指「經營粉絲站的站長」（Homepage Master）。通常會用專業級相機拍攝正在活動或移動中的偶像，並將這些照片上傳到社群媒體等平台上。為了替偶像宣傳，許多經紀公司都會默許。

麻瓜／路人／圈外人

從御宅族的角度來看，對自己的本命不太了解的人。

hi ota
非オタ

meogeul
머글

我的本命紅到連麻瓜都知道。

Watashi no oshi wa hi ota ni mo yuumei desu
私の推しは非オタにも有名です。

Je choeaeneun meogeulegedo yumyeonghaeyo
제 최애는 머글에게도 유명해요．

「글（geul）」一詞來自《哈利波特》系列中的創造詞「麻瓜」（Muggle，意指「非魔法師的普通人」）。

評論／心得

粉絲記錄活動、音樂會等的感想。電影及網購的評論也會用到這個詞。

repo
レポ

hugi
후기

期待簽名會的心得！

Sainkai no repo, mattemasu
サイン会のレポ、待ってます！

Paenssa hugi gidarilgeyo
팬싸 후기 기다릴게요！

031

簽名會（粉絲簽名會）

偶像或演員等名人在粉絲的簽名板等物品上簽名的活動。

サイン会（ファンサイン会）
sainkai (fan sainkai)

팬싸 (팬사인회)
paenssa (paensainhoe)

真羨慕那些抽中簽名會的人。

サイン会当たった人、本当に羨ましい。
Sainkai atatta hito, hontou ni urayamashii

팬싸 걸린 사람 진짜 부럽다.
Paenssa geollin saram jinjja bureopda

▶「握手會」的韓語是「악수회（aksuhoe）」，「擊掌會」是「하이터치회（haiteohoe）」。

032

視訊通話會

偶像與粉絲透過一對一的視訊電話交流的活動。

ビデオ通話会
bideo tsuuwakai

영통
yeongtong

第一次視訊通話，好緊張喔！

初めてのヨントン、緊張する〜！
Hajimete no yonton, kinchou suru

첫 영통 긴장된다~!
Cheot yeongtong ginjangdoenda

▶「영통」是「영통팬싸（yeongtongpaenssa）」，也就是「視訊通話簽名會」的縮寫。完整的韓語是「영상통화 팬싸인회（yeongsangtonghwa paenssainhoe）」。

033

空位／葡萄果

在活動或演唱會等購票畫面中，顯示可預訂的空位。

空席
kuuseki

포도알
podoal

一個位置都搶不到……

私の席はどこにもない…
Watashi no seki wa doko ni mo nai

내 포도알 아무 데도 없어...
Nae podoal amu dedo eopseo

▶劃位畫面上的空位通常以紫色顯示，故用「葡萄果」的「포도알」來指稱。

034 購票

購買活動或音樂會的門票。日本大多是抽籤制,而韓國通常採先搶先贏的方式。

チケッティング (chikettingu)　**티켓팅** (tiketting)

這次購票跟打仗一樣激烈……

今回のチケッティング、完全に血ケッティング…
(Konkai no chikettingu, kanzen ni chi kettingu)

이번 티켓팅 완전 피켓팅이다...
(Ibeon tiketting wanjeon pikettingida)

成功撿到退票了！

取ケッティング成功！
(Shu kettingu seikou)

취켓팅 성공！
(Chwiketting seonggong)

▶ 有關購票的創造詞相當多。「티켓팅（tiketting，購票）」的第一個字「티（ti）」如果換成意指「血」的「피（pi）」,會變成「피켓팅（piketting）」,直譯是「購票像打仗」,競爭到快要血流成河,也就是「搶票」。如果換成「취소（chwiso,取消）」的第一個字「취」（chwi）,那就會變成「취켓팅（chwiketting）」,意思則是「撿退票」（成功搶到別人取消後釋出的票）。

035 完全體

因病、兵役等暫時停止活動的成員回歸後,整個團體成員再次齊聚。

完全体 (kanzentai)　**완전체** (wanjeonche)

本命團體以完全體回歸,直接淚崩！

推しグルの完全体でのカムバ、超嬉しい！
(Oshi guru no kanzentai de no kamuba, chou ureshii)

최애 그룹 완전체 컴백 넘 기뻐！
(Choeae geurup wanjeonche keombaek neom gippeo)

036 軍白期

韓國男性藝人因兵役暫停活動的期間。是將「空白期（공백기,gongbaekgi）」的「空（공,gong）」改為「軍（군,gun）」而來的詞。

軍白期 (gunpakuki)　**군백기** (gunbaekgi)

我要如何熬過本命的軍白期呢……

推しの軍白期、どうやって耐えよう…
(Oshi no gunpakuki, dou yatte taeyou)

최애 군백기 어떻게 견뎌 ...
(Choeae gunbaekgi eotteoke gyeondyeo)

037

回歸

偶像發表新歌,並參加節目等活動。服完兵役後重新開始活動,也可以使用這個詞。

kamubakku
カムバック

keombaek
컴백

回歸的行程出來了!

Kamubakku no nittei ga demashita
カムバックの日程が出ました!

Keombaek iljeong nawasseoyo
컴백 일정 나왔어요!

本命的回歸舞台怎麼能不期待!

Kamubakku no shookeesu, tanoshimi sugiru
カムバックのショーケース、楽しみすぎる!

Keombaek syokeiseu neomu gidaedwae
컴백 쇼케이스 너무 기대돼!

> 韓國的偶像們在新歌發表後的一個月內會上節目演出,並開始準備下一首新歌。但準備期間很少有機會看到偶像的身影,因此新歌發表時粉絲都會說「컴백(keombaek,回歸)」,以歡迎偶像回到歌壇。

038

透露／劇透／破哏

偶像或相關人員在消息發布之前暗示新曲或未來計劃。

netabare
ネタバレ

seupo
스포

可以稍微透露一下新專輯的內容嗎?

Atarashii arubamu no netabare, chotto dake onegaishimasu
新しいアルバムのネタバレ、ちょっとだけお願いします!

Sae aelbeom seupo jogeumman hae juseyo
새 앨범 스포 조금만 해 주세요!

劇透警告!

Netabare chuui
ネタバレ注意!

Seupo juui
스포 주의!

> 「스포(seupo)」是英語「spoiler」的縮寫。除了透露作品的後續及結局之外,還可用來指稱韓國偶像偷偷洩漏新曲的概念和舞蹈等行為。想要搶先知道情報的粉絲,有時會在直播或社群媒體上拜託偶像放出消息。

22

基本單詞

公開錄影

讓觀眾參與的現場直播或事先錄製的總稱。通常以粉絲俱樂部的會員優先，但也有為一般觀眾準備的座位。

koukai housou
公開放送

gongbang　(gonggae bangsong)
공방 (공개 방송)

公開錄影的公告已經出來了。

Koukai housou no oshirase ga demashita
公開放送のお知らせが出ました。

Gongbang gongji　nawasseoyo
공방 공지 나왔어요.

預錄／事錄 (事先錄製)

在音樂節目播出前，事先錄製偶像及藝人的表演。

jizen shuuroku
事前収録

sanok　(sajeon nokhwa)
사녹 (사전 녹화)

預錄待機中！

Jizen shuuroku taikichuu
事前収録待機中！

Sanok　daegi　jung
사녹 대기 중!

預錄時發的小卡真的是太棒了。

Jizen shuuroku de kubarareta toreka ga saikou
事前収録で配られたトレカが最高。

Sanok　ttae　nanwo　jun　poka　choego
사녹 때 나눠 준 포카 최고.

▶ 韓國的音樂節目基本上採直播方式，但許多表演會在播出前事先錄製。粉絲俱樂部的會員和購買專輯的粉絲可以申請觀看，有時錄製當天還會贈送「隨機小卡（照片卡）」當作紀念品，韓語是「포토카드（potokadeu）」，縮寫「포카（poka）」。

逆襲／翻紅

已發行一段時間的歌曲重新攀升至排行榜上。

gyakusou
逆走

yeokjuhaeng
역주행

一起讓本命重新翻紅吧！

Gyakusou ikimashou
逆走いきましょう！

Yeokjuhaeng　gajeua
역주행 가즈아!

▶ 「가즈아（gajeua）」是「가자（gaja）」語調拉長的加強版，意思是「走吧」、「一起去吧」。

23

042 節目觀賞／錄影觀賞

參加公開錄影並觀看舞台表演。是能夠近距離欣賞偶像表演的珍貴機會。

bangumi kanran
番組観覧

bangcheong
방청

耶，我抽中錄影觀賞啦！

Yatta, bangumi kanran atatta
やった、番組観覧当たった！

Assa, bangcheong geollyeotda
아싸,방청 걸렸다！

▶「방청（bangcheong）」直譯是「旁聽」的意思。

043 應援口號／加油聲

在音樂節目或演唱會上粉絲高喊的應援口號。

kakegoe
掛け声

eungwonbeop
응원법

我會一邊看影片，一邊練習喊應援口號的！

Douga minagara kakegoe no renshuu shimasu
動画見ながら掛け声の練習します！

Dongyeongsang bomyeonseo eungwonbeop yeonseupalgeyo
동영상 보면서 응원법 연습할게요！

▶「응원법（eungwonbeop）」直譯是「應援法」。偶像的經紀公司會為每首歌曲製作官方口號，並發表在影片網站等平台上。

044 Killing Part／最洗腦的部分

歌曲中讓人留下強烈印象的部分。

kiringu paato
キリングパート

killing pateu
킬링 파트

我的本命是 Killing Part 製造機！

Oshi ga kiringu paato seizouki desu
推しがキリングパート製造機です。

Choeaega killing pateu jejogiyeyo
최애가 킬링 파트 제조기예요.

▶「킬링 파트（killing pateu）」來自英語的「killing part」。「killing」是俚語，意指「很棒、很厲害」。

基本單詞

045

舞擔時刻／舞蹈段落

在沒有歌詞的間奏中展現的激烈舞蹈。

dansu bureiku	daenseu beureikeu （daenbeu）
ダンスブレイク	댄스 브레이크 (댄브)

最精彩的舞擔時刻。

Saikou no dansu bureiku
最高のダンスブレイク。

Choegoui daenseu beureikeu
최고의 댄스 브레이크.

046

刀群舞

團體組合跳出默契十足、動作俐落的舞蹈，而且整齊劃一。

kirekkire no dansu	kalgunmu
キレッキレのダンス	칼군무

這刀群舞真不是蓋的！

Kirekkire no dansu ga subarashi sugiru
キレッキレのダンスがすばらしすぎる！

Kalgunmu jangnan anida
칼군무 장난 아니다！

▶「칼（kal，刀）」＋「군무（gunmu，群舞）」＝「칼군무（kalgunmu）」，即「如刀般銳利的群舞」。

047

結尾妖精

表演結束時最後出現在鏡頭的成員，通常會在鏡頭前展示各種不同的表情。

endingu yousei	ending yojeong
エンディング妖精	엔딩 요정

結尾妖精太絕了，我直接入坑！

Endingu yousei, yuushou shiteru
エンディング妖精、優勝してる。

Ending yojeong pangida
엔딩 요정 짱이다.

048

撒嬌賣萌／可愛攻勢

偶像展示給粉絲看的可愛表情和姿勢。

aikyou	aegyo
愛嬌	애교

本命的可愛攻勢有害心臟……

Oshi no aikyou ga shinzou ni warui
推しの愛嬌が心臓に悪い…

Choeae aegyo simjange haeropda
최애 애교 심장에 해롭다...

CHAPTER 1 韓國娛樂基本單詞

25

049

顔值

指臉部及髮型等外貌。雖然只看外表不好，但這算是偶像努力表現的一部分。

ビジュアル (bijuaru)

비주얼 (bijueol)

這顔值也太棒了吧。

ビジュアルよすぎる。(Bijuaru yo sugiru)

비주얼 쩐다. (Bijueol jjeonda)

→ 有時會縮寫為「비주（biju）」。「얼굴천재（eolgulcheonjae）」的字面意思是「臉蛋天才」，亦可翻成「顔值天花板」。

050

前輩

原本是指先進入學校或到公司的人。之後引申為先在演藝圈出道的人。

先輩 (senpai)

선배 (seonbae)

我們翻唱了公司前輩的歌曲。

私たちの会社の先輩の曲をカバーしました。(Watashitachi no kaisha no senpai no kyoku wo kabaa shimashita)

저희 회사 선배님의 곡을 커버했어요. (Jeohui hoesa seonbaenimui gogeul keobeohaesseoyo)

051

表情演技

偶像在表演時對著鏡頭展示與歌曲相符的神情。

表情演技 (hyoujou engi)

표정 연기 (pyojeong yeongi)

表情演技的達人。

表情演技の達人。(Hyoujou engi no tatsujin)

표정 연기의 달인. (Pyojeong yeongui darin)

→ 日本御宅族常用的「表情管理」韓語是「표정 관리（pyojeong gwalli）」，意思是「不將內心話表現在臉上」。

052

直拍照片／飯拍／生圖

粉絲在偶像活動或移動中拍攝的照片。

直接撮った写真 (chokusetsu totta shashin)

직찍 (jikjjik)

未經修圖的抓拍竟然這麼美，實在是太神了。

修正なしの直撮りがこんなに美しいなんて神。(Shuusei nashi no jikatori ga konna ni utsukushii nante kami)

보정 안 한 직찍이 이렇게 예쁘다니 대박. (Bojeong an han jikjjigi ireoke yeppeudani daebak)

→ 如書中 p.19（站姐）所述，經紀公司對於站姐拍攝偶像的照片大多採取默認態度。

053 直拍影片／直攝／飯拍

用一台攝影機追拍偶像表演的影片。

chokusetsu totta douga
直接撮った動画

jikkaem
직캠

期待飯拍公開。

Chikkemu koukai, mattemasu
チッケム公開、待ってます。

Jikkaem gonggae gidaryeoyo
직캠 공개 기다려요.

我家孩子的直拍正在瘋傳中！

Uchi no ko no chikkemu, bazutteru
うちの子のチッケム、バズってる！

Uri ae jikkaem tteoksang jung
우리 애 직캠 떡상 중！

> 「직캠」是將「直接」的「직（jik）」與意指「攝影機」的「캠」（kaem，英文的「cam」）組合而成的詞。原本用來指稱粉絲拍攝的影片，即為「飯拍」。不過，最近音樂節目的 YouTube 頻道也會上傳官方的直拍影片。

054 TMI

Too Much Information的縮寫，意指無關緊要或附加的資訊。

tiiemuai
TMI

tiemai
TMI

今天的TMI是什麼？

Kyou no tiiemuai wa nan desu ka
今日のTMIは何ですか？

Oneurui tiemai neun mwoyeyo
오늘의 TMI는 뭐예요？

> 最近韓國的粉絲經常在偶像的直播或簽名會上問：「今天有什麼TMI嗎？」

055 老么／忙內

本意是指最小的兄弟姐妹。進而引申為團體中年紀最小的成員。

suekko
末っ子

mangnae
막내

最受寵愛的忙內 ♡

Saikyou no aisare manne
最強の愛されマンネ♡

Choegang sarang batneun mangnae
최강 사랑 받는 막내 ♡

哥哥

對於年長男性的稱呼。除了有血緣關係的哥哥之外,亦可用來指稱關係親密的兄長。

お兄ちゃん (oniichan)

형 (hyeong) / 오빠 (oppa)

對哥哥撒嬌的老么也太可愛了吧……

お兄ちゃんたちに甘えるマンネがかわいすぎ… (Oniichan-tachi ni amaeru manne ga kawaisugi)

형들한테 어리광부리는 막내 졸귀... (Hyeongdeulhante eorigwang burineun mangnae jolgwi)

我可以叫你歐巴嗎?

オッパと呼んでもいいですか? (Oppa to yonde mo ii desu ka)

오빠라고 불러도 돼요? (Opparago bulleodo dwaeyo)

▶「형(hyeong)」是男性稱呼年長男性的用語。「오빠(oppa)」是女性稱呼年長男性的用語。在男性偶像團體中,年紀較小的成員稱呼年長成員為「형(hyeong)」,並且撒嬌的樣子是非常珍貴的。而女粉絲把本命的男性偶像稱為「오빠(oppa)」更是常有的事。

姐姐

對於年長女性的稱呼。除了有血緣關係的姊姊,亦可用來指稱關係親密的年長女性。

お姉ちゃん (oneechan)

언니 (eonni) / 누나 (nuna)

姐姐們的表現果然穩!

オンニ組、さすがの安定感だね! (Onni-gumi, sasuga no anteikan da ne)

언니라인 역시 안정감 있네! (Eonnirain yeoksi anjeonggam inne)

請叫我姐姐!

ヌナと呼んでください! (Nuna to yonde kudasai)

누나라고 불러 주세요! (Nunarago bulleo juseyo)

▶「언니(eonni)」是女性稱呼年長女性的用語。「누나(nuna)」是男性稱呼年長女性的用語。在女性偶像團隊中,常常可以看到年紀較小的成員稱呼年紀較大的成員為「○○언니」,意思就是「○○姐」。

基本單詞

CP感／有默契的搭檔

產生化學反應的絕佳組合。粉絲通常會將團體中某些化學反應絕佳的成員組合起來，並為他們取暱稱。

<ruby>相性のいいコンビ<rt>aishou no ii konbi</rt></ruby>　　<ruby>케미<rt>kemi</rt></ruby>

化學反應大爆發！

<ruby>マジでケミ爆発！<rt>Maji de kemi bakuhatsu</rt></ruby>

<ruby>완전 케미 폭발！<rt>Wanjeon kemi pokbal</rt></ruby>

▶「化學反應不錯」的韓語是「케미가 좋다（kemiga jota）」，而「케미（kemi）」單獨使用時也是一種讚美之詞。

○○Line／○○組

指在年齡或職位上有共通點的成員。

<ruby>○○組<rt>○○ gumi</rt></ruby>　　<ruby>○○라인<rt>○○ rain</rt></ruby>

僅憑存在就讓人安心的兄長組。

<ruby>存在だけで心強いお兄ちゃん組。<rt>Sonzai dake de kokorozuyoi oniichan-gumi</rt></ruby>

<ruby>존재만으로 든든한 형라인.<rt>Jonjaemaneuro deundeunhan hyeongrain</rt></ruby>

▶ 還有意指「說唱組」的「랩라인（raeprain）」。韓國粉絲通常會將出生年份相同的成員用「年份＋즈」的方式指稱。例如同樣都是1997年出生的成員稱為「구칠즈（guchiljeu）」，意思是「97年幫」。「즈（jeu）」的前面要用漢字數詞。

支援

粉絲為了慶祝本命生日或者出道，於是自發性地刊登廣告，或以本命的名義捐款等活動。

<ruby>サポート<rt>sapooto</rt></ruby>　　<ruby>서포트<rt>seopoteu</rt></ruby>

我也想參加生日支援活動！

<ruby>私も誕生日サポートに参加したいです！<rt>Watashi mo tanjoubi sapooto ni sanka shitai desu</rt></ruby>

<ruby>저도 생일 서포트에 참가하고 싶어요！<rt>Jeodo saengil seopoteue chamgahago sipeoyo</rt></ruby>

逆應援

原本是指「逆向朝貢」。之後引申成偶像為了參加節目的粉絲所準備的禮物。

<ruby>推しからのプレゼント<rt>oshi kara no purezento</rt></ruby>　　<ruby>역조공<rt>yeokjogong</rt></ruby>

這次的逆應援讓人感動到哭♡

<ruby>推しからのプレゼントに感動♡<rt>Oshi kara no purezento ni kandou</rt></ruby>

<ruby>역조공 감동 ♡<rt>Yeokjogong gamdong</rt></ruby>

CHAPTER 1　韓國娛樂基本單詞

062

應援禮

原本是指「貢品」。之後引申為粉絲送給本命的禮物。

推しへのプレゼント
oshi e no purezento

조공
jogong

請問應援禮要寄到哪裡去？

プレゼントはどこに送ればいいですか？
Purezento wa doko ni okureba ii desu ka

조공은 어디로 보내면 돼요？
Jogongeun eodiro bonaemyeon dwaeyo

> 一般來說，意指「禮物」的韓語是「선물（seonmul）」。不過最近有許多經紀公司禁止粉絲送禮物給偶像。

063

跟風／同款

與本命穿戴同樣的東西。

推しとお揃い
oshi to osoroi

손민수
sonminsu

我穿上了和本命同款的T恤。

推しが着ていたTシャツとお揃いのものを着てみた。
Oshi ga kiteita T-shatsu to osoroi no mono wo kite mita

최애가 입었던 티셔츠 손민수 해 봤다.
Choeaega ibeotdeon tisyeocheu sonminsu hae bwatda

> 來自韓國網路漫畫《奶酪陷阱》（치즈인더트랩）中的人物，「孫敏秀（손민수）」。這個角色非常仰慕主角，從髮型及隨身物品都要模仿，於是這個角色的名字便成為形容「模仿他人的行為或風格」的代名詞。

064

死守直播

指在電視、廣播節目或網路直播的播出時間內準時收看或收聽的行為。

リアタイ
riatai

본방사수
bonbangsasu

今天也會死守首播喔～！

今日もリアタイしますね～！
Kyou mo riatai shimasu ne

오늘도 본방사수 할게요~！
oneuldo bonbangsasu halgeyo

> 「본방사수」直譯是「死守首播」。「본방（bonbang）」的意思是「首播」，也就是電視節目或直播的首次播出時間。

30

基本單詞

065 總攻（總攻擊）

為了讓本命在音樂排行榜或X（此前身為Twitter）的趨勢上奪得第一名，粉絲們會一起收聽歌曲或者發布特定關鍵詞的貼文。

soukougeki
総攻撃

chonggong (chonggonggyeok)
총공 (총공격)

今天總攻擊，拜託了～！

Kyou soukougeki onegaishimasu
今日総攻撃お願いします～！

Oneul chonggong butakdeuryeoyo
오늘 총공 부탁드려요~！

▶ 為了讓歌曲登上音樂排行榜的行為稱作「스밍총공（seumingchonggong，串流總攻）」，讓關鍵詞登上X趨勢榜的行為則是「실트총공（silteuchonggong，熱搜總攻）」。

066 刷榜

在音源網站上不停播放本命的歌曲。為了奪下排行榜的冠軍，粉絲們通常會呼籲大家合作。

sutoriimingu de no ongaku saisei
ストリーミングでの音楽再生

seuming (seuteuriming)
스밍 (스트리밍)

今天要記得刷榜喔！

Kyou no sutoriimingu saisei wasurenaide kudasai
今日のストリーミング再生忘れないでください！

Oneul seuming itji maseyo
오늘 스밍 잊지 마세요！

▶ 「뮤밍（myuming）」的意思是「在影音網站上觀看音樂影片（MV）」。

067 熱搜／即時搜尋趨勢

此為X的熱搜。為了獲得第一名，粉絲們團結一致，發表固定的文字內容。

riarutaimu no torendo
リアルタイムのトレンド

silteu
실트

現在的熱搜話題是我們家的孩子喔！

Ima, riarutaimu no torendo, uchi no kotachi desu yo
今、リアルタイムのトレンド、うちの子たちですよ！

Jigeum silteu irwi uri aedeulieyo
지금 실트 1위 우리 애들이에요！

▶ 「실트」是「실시간 트렌드（silsigan teurendeu）」的縮寫。粉絲有時也會努力讓與本命有關的詞條登上各大入口網站發布的即時熱搜榜「실검（silgeom）」，目標是奪得第一名。

CHAPTER 1 韓國娛樂基本單詞

K-POP

	中文	日文 (羅馬拼音/日文)	韓文 (羅馬拼音/韓文)	備註
068	偶像	aidoru アイドル	aidol 아이돌	「男偶像」是「남돌（namdol）」，「女偶像」是「여돌（yeodol）」。
069	歌手	kashu 歌手	gasu 가수	
070	藝人	aatisuto アーティスト	atiseuteu 아티스트	
071	練習生	renshuusei 練習生	yeonseupsaeng 연습생	隸屬於經紀公司，努力練習歌唱和舞蹈的偶像志願者。
072	娛樂經紀公司／藝人經紀公司	geinou jimusho 芸能事務所	yeonye gihoeksa 연예 기획사	直譯是「演藝企劃公司」。通常只說「기획사（gihoeksa）」。有時也會說「소속사（sososka）」，也就是「所屬公司」。
073	唱片公司	rekoodo gaisha レコード会社	rekodeusa 레코드사	
074	星探／挖掘	sukauto スカウト	seukauteu 스카우트	在街頭被星探挖掘的行為叫做「길거리 캐스팅（gilgeori kaeseuting）」。
075	試鏡	oodishon オーディション	odisyeon 오디션	
076	招募	boshuu 募集	mojip 모집	
077	應徵	oubo 応募	eungmo 응모	
078	考試	juken 受験	teseuteu 테스트	
079	審查	shinsa 審査	simsa 심사	
080	評價	hyouka 評価	pyeongga 평가	
081	投票	touhyou 投票	tupyo 투표	
082	合格	goukaku 合格	hapgyeok 합격	
083	不合格	fugoukaku 不合格	bulhapgyeok 불합격	

32

K-POP

084	被淘汰	datsuraku 脱落	tallak 탈락
085	出道	debyuu デビュー	debwi 데뷔
086	日本出道	Nihon debyuu 日本デビュー	Ilbon debwi 일본 데뷔
087	個人出道	soro debyuu ソロデビュー	sollo debwi 솔로 데뷔
088	熱門	hitto ヒット	hiteu 히트
089	得獎	jushou 受賞	susang 수상
090	頒獎典禮	jushoushiki 授賞式	sisangsik 시상식
091	新人獎	shinjinshou 新人賞	sininsang 신인상
092	年度歌手獎	kotoshi no kashushou 今年の歌手賞	olhaeui gasusang 올해의 가수상
093	小型演唱會	shookeesu ショーケース	syokeiseu 쇼케이스
094	回歸舞台	kamubakku suteeji カムバックステージ	keombaek seuteiji 컴백 스테이지
095	告別舞台／結業舞台	gubbai suteeji グッバイステージ	gutbai seuteiji 굿바이 스테이지
096	拓展海外市場	kaigai shinshutsu 海外進出	haeoe jinchul 해외 진출
097	暫停活動	katsudou kyuushi 活動休止	hwaldong jungdan 활동 중단
098	解散	kaisan 解散	haeche 해체
099	退出演藝圈／引退／告別舞台	intai 引退	euntoe 은퇴
100	重新活動／恢復活動	katsudou saikai 活動再開	hwaldong jaegae 활동 재개
101	重新回歸	fukki 復帰	bokgwi 복귀

字面意思是「施獎典禮」。K-POP 藝人的頒獎典禮以「MAMA AWARDS」最知名。

頒發給該年度表現最傑出的歌手或團體的獎項。還有意指「大獎」的「대상（daesang）」。

新曲發表後首次的音樂節目演出稱為「回歸舞台」，回歸期最後的音樂節目演出稱為「告別舞台」或「結業舞台」。

CHAPTER 1 韓國娛樂基本單詞

102	歌曲	uta 歌	norae 노래
103	舞蹈	dansu ダンス	daenseu 댄스
104	饒舌音樂	rappu ラップ	raep 랩
105	歌詞	kashi 歌詞	gasa 가사
106	編舞	furitsuke 振付	anmu 안무
107	作詞	sakushi 作詞	jaksa 작사
108	作曲	sakkyoku 作曲	jakgok 작곡
109	編曲	henkyoku 編曲	pyeongok 편곡
110	樂團	bando バンド	baendeu 밴드
111	演奏	ensou 演奏	yeonju 연주
112	表演	pafoomansu パフォーマンス	peopomeonseu 퍼포먼스
113	新歌	shinkyoku 新曲	singok 신곡
114	單曲	shinguru シングル	singgeul 싱글
115	迷你專輯	mini arubamu ミニアルバム	mini aelbeom 미니 앨범
116	專輯	arubamu アルバム	aelbeom 앨범
117	改版專輯	ripakkeeji arubamu リパッケージアルバム	ripaekiji aelbeom 리패키지 앨범
118	主打歌	taitoru kyoku タイトル曲	taiteulgok 타이틀곡
119	概念	konseputo コンセプト	konsepteu 콘셉트

> 已發行的專輯中追加新曲或全新音樂影片後再次販售的專輯。

> 專輯的代表歌曲。回歸後先以「主打歌」展開活動，之後再推出「後續曲」（후속곡／husokgok）繼續打歌是常見的宣傳模式。

> 專輯或團體的世界觀。除了可愛型、冷酷型等經典類型之外，還有超能力型等特殊概念。

K-POP

#	中文	日文 (羅馬音)	韓文 (羅馬音)
120	男團	booizu guruupu / ボーイズグループ	boigeurup / 보이그룹
121	女團	gaaruzu guruupu / ガールズグループ	geolgeurup / 걸그룹
122	成員	menbaa / メンバー	membeo / 멤버
123	日本成員	Nihonjin menbaa / 日本人メンバー	ilbonin membeo / 일본인 멤버
124	新成員	shin menbaa / 新メンバー	sae membeo / 새 멤버
125	隊長	riidaa / リーダー	rideo / 리더
126	位置／擔當	pojishon / ポジション	pojisyeon / 포지션
127	主唱	mein bookaru / メインボーカル	mein bokeol / 메인 보컬
128	領唱	riido bookaru / リードボーカル	rideu bokeol / 리드 보컬
129	副唱	sabu bookaru / サブボーカル	seobeu bokeol / 서브 보컬
130	主饒舌	mein rappaa / メインラッパー	mein raepeo / 메인 래퍼
131	主舞	mein dansaa / メインダンサー	mein daenseo / 메인 댄서
132	伴舞	bakku dansaa / バックダンサー	baek daenseo / 백 댄서
133	作詞家	sakushika / 作詞家	jaksaga / 작사가
134	作曲家	sakkyokuka / 作曲家	jakgokga / 작곡가
135	編舞家	furitsukeshi / 振付師	anmuga / 안무가
136	製作人	purodyuusaa / プロデューサー	peurodyuseo / 프로듀서
137	經紀人	maneejaa / マネージャー	maenijeo / 매니저

> 日本常用「男子偶像團體」和「女子偶像團體」等說法，在韓國則習慣用「보이그룹（boigeurup）」和「걸그룹（geolgeurup）」來表達相同的意思。

> 在團體中每個成員所擔任的角色或負責的部分，如唱歌和舞蹈。此外，還有門面擔當或搞笑擔當等角色。

CHAPTER 1 韓國娛樂基本單詞

35

#	中文	日文	韓文	備註
138	預告片段	ティーザー (tiizaa)	티저 (tijeo)	
139	預告片	トレーラー (toreeraa)	트레일러 (teureilleo)	
140	音樂錄影帶／MV	ミュージックビデオ (myuujikku bideo)	뮤직비디오 (myujikbidio)	指展示表演的影片。「영상／yeongsang」的意思是「影像」。
141	表演影片	パフォーマンスビデオ (pafoomansu bideo)	퍼포먼스 영상 (peopomeonseu yeongsang)	偶像練習歌曲舞蹈的定點拍攝影片，粉絲也會參考這部影片模仿編舞。
142	舞蹈排練影片	ダンスプラクティスビデオ (dansu purakutisu bideo)	안무 연습 영상 (anmu yeonseup yeongsang)	
143	自製影片／自製Vlog	自主制作コンテンツ (jishu seisaku kontentsu)	자컨 (jakeon)	事務所製作的YouTube內容。是「자체 컨텐츠（jache keontencheu）」的縮寫。
144	Vlog／影片日記	Vlog (buirogu)	브이로그 (beuirogeu)	
145	幕後花絮	ビハインド（舞台裏）映像 (bihaindo (butaiura) eizou)	비하인드 영상 (bihaindeu yeongsang)	
146	製作花絮／製作過程	メイキング映像 (meikingu eizou)	메이킹 영상 (meiking yeongsang)	
147	未公開影片	未公開映像 (mikoukai eizou)	미공개 영상 (migonggae yeongsang)	
148	排行榜	チャート (chaato)	차트 (chateu)	
149	CD	CD (shiidii)	시디 (sidi)	
150	DVD	DVD (diibuidii)	디비디 (dibidi)	CD和DVD在韓國也常用英文字母來表示。
151	Blu-ray／藍光光碟	Blu-ray (buruu-rei)	블루레이 (beullurei)	
152	串流	ストリーミング (sutoriimingu)	스트리밍 (seuteuriming)	
153	寫真集	写真集 (shashinshuu)	화보집 (hwabojip)	
154	錄音	レコーディング (rekoodingu)	레코딩 (rekoding)	「封面」的韓語正確來講應該是「재킷（jaekit）」，但「자켓（jaket）」比較常用。
155	封面拍攝	ジャケット撮影 (jaketto satsuei)	자켓 촬영 (jaket chwaryeong)	

#	中文	日文 (羅馬拼音/日文)	韓文 (羅馬拼音/韓文)
156	宿舍	shukusha 宿舎	sukso 숙소
157	公開戀情	koukai renai 公開恋愛	gonggae yeonae 공개 연애
158	熱戀	netsuai 熱愛	yeorae 열애
159	醜聞	sukyandaru スキャンダル	seukaendeul 스캔들
160	軍隊	guntai 軍隊	gundae 군대
161	入伍	nyuutai 入隊	ipdae 입대
162	退伍	jotai 除隊	jedae 제대
163	粉絲俱樂部	fan kafe ファンカフェ	paenkape 팬카페
164	入會	nyuukai 入会	gaip 가입
165	會員	kaiin 会員	hoewon 회원
166	升級	ranku appu ランクアップ	deungeop 등업
167	申請	shinsei 申請	sincheong 신청

157 基本上偶像通常會避免談戀愛（或至少不讓戀情曝光），但受歡迎的偶像有時反而會公開戀情。

163 指粉絲社群的網頁平台，分為由粉絲管理的非官方俱樂部，以及由經紀公司管理的官方俱樂部。

166 「등급업（deunggeupeop）」的縮寫。就算加入粉絲俱樂部，會員等級如果不提升，可以使用的功能就會受到限制。

CHAPTER 1 韓國娛樂基本單詞

column

宿舍的共同生活也是一大魅力！

從練習生時期開始一起生活是韓國偶像的其中一個特點。事務所提供的宿舍有的是單人房，有的是多名成員共用一個房間。宿舍的生活情況會在電視節目或社群媒體上分享，而互相慶祝生日等和睦相處的情景往往讓粉絲感到暖心。但是團體受歡迎之後，不少成員都會離開宿舍，讓人感到有些寂寞。

電視・電影

168	電影	eiga 映画	yeonghwa 영화	
169	公開	koukai 公開	gaebong 개봉	
170	電視	terebi テレビ	tellebijeon　　　tibi 텔레비전 (티비)	
171	節目	bangumi 番組	peurogeuraem 프로그램	
172	播出	housou 放送	bangsong 방송	
173	現場直播	nama housou 生放送	saengbangsong 생방송	
174	重播	sai housou 再放送	jaebangsong 재방송	
175	錄影	shuuroku 収録	nokhwa 녹화	
176	收看	shichou 視聴	sicheong 시청	
177	觀看	kanran 観覧	gwallam 관람	
178	音樂節目	ongaku bangumi 音楽番組	eumbang 음방	此為音樂節目「음악 방송 (eumak bangsong)」縮寫。
179	回歸期間中的首次播出	kamubakku kikan chuu no saisho no housou カムバック期間中の最初の放送	cheotbang 첫방	
180	回歸期間的最後演出	kamubakku kikan chuu no saigo no housou カムバック期間中の最後の放送	makbang 막방	韓國偶像參加體育競賽的特別節目。主要在農曆年或中秋節播出。
181	偶像明星運動會	aidoru sutaa senshuken taikai アイドルスター選手権大会	ayukdae　　　aidolseuta seonsugwondaehoe 아육대 (아이돌스타 선수권대회)	
182	綜藝節目	baraeti bangumi バラエティ番組	yeneung peurogeuraem 예능 프로그램	
183	實境節目	riariti bangumi リアリティ番組	rieolliti　　peurogeuraem 리얼리티 프로그램	在家中的生活、旅行中的樣子等,可以看到藝人不加修飾、真實一面的節目。

電視・電影

184	電視劇	dorama ドラマ	deurama 드라마
185	戀愛	renai 恋愛	yeonae 연애
186	喜劇	komedi コメディ	komidi 코미디
187	懸疑	sasupensu サスペンス	seoseupenseu 서스펜스
188	推理	misuterii ミステリー	miseuteori 미스터리
189	古裝劇	jidaigeki 時代劇	sageuk 사극
190	動作片	akushon アクション	aeksyeon 액션
191	恐怖片	horaa ホラー	horeo 호러
192	紀錄片	dokyumentarii ドキュメンタリー	dakyumenteori 다큐멘터리
193	月火劇	getsuka dorama 月火ドラマ	wolhwa deurama 월화 드라마
194	水木劇	suimoku dorama 水木ドラマ	sumok deurama 수목 드라마
195	週末劇	shuumatsu dorama 週末ドラマ	jumal deurama 주말 드라마
196	狗血劇	higenjitsuteki na dorama 非現実的なドラマ	makjang deurama 막장 드라마
197	完結篇	saishuukai 最終回	choejonghoe 최종회
198	反轉	donden gaeshi どんでん返し	banjeon 반전
199	CM（廣告）	komaasharu CM（コマーシャル）	ssiepeu CF（씨에프）
200	預告片	yokoku 予告	yego 예고
201	續集	zokuhen 続編	sokpyeon 속편

韓國的連續劇一般每週播出兩集。通常安排在週一、週二晚上（月火劇），週三、週四晚上（水木劇），或週六、週日晚上播出。

充滿糾葛愛情或失憶情節不斷出現的電視劇。故事情節雖然讓許多觀眾抱怨連連，卻又看得津津有味。

「CF」是英語「Commercial Film」的縮寫。經常出現在廣告中的女藝人稱為「CF 퀸（CF kwin）」，意即「廣告女王」，男藝人則被稱為「CF 킹（CF king）」，也就是「廣告之王」。

CHAPTER 1 韓國娛樂基本單詞

202	演員	haiyuu 俳優	baeu 배우

次要主角有「男二」的「서브남주（seobeunamju）」，以及「女二」「서브여주（seobeuyeoju）」。

203	主角	shuen 主演	juyeon 주연
204	演出	shutsuen 出演	churyeon 출연
205	演技	engi 演技	yeongi 연기
206	台詞	serifu セリフ	daesa 대사
207	劇本	kyakuhon 脚本	gakbon 각본
208	導演	kantoku 監督	gamdok 감독
209	選角	kyasutingu キャスティング	kaeseuting 캐스팅
210	字幕	jimaku 字幕	jamak 자막
211	主題曲	shudaika 主題歌	jujega 주제가
212	片尾字幕	endorooru エンドロール	ending keuredit 엔딩 크레딧
213	主持人	shikaisha 司会者	sahoeja 사회자

「MC」（엠시，emsi）這個詞也相當普遍。

214	固定班底／核心成員	regyuraa shutsuensha レギュラー出演者	gojeong churyeonja 고정 출연자
215	來賓	gesuto ゲスト	geseuteu 게스트
216	訪談／談話	tooku トーク	tokeu 토크
217	問答遊戲／猜謎遊戲	kuizu クイズ	kwijeu 퀴즈

直譯是「隱藏的攝影機」。近來這個詞還有「非法拍攝」的意思，有時會出現在犯罪相關報導中。

218	惡作劇／整人	dokkiri ドッキリ	mollaekamera 몰래카메라
219	反應	riakushon リアクション	riaeksyeon 리액션

電視・電影

220	遊戲	geemu ゲーム	geim 게임
221	任務	misshon ミッション	misyeon 미션
222	成功	seikou 成功	seonggong 성공
223	失敗	shippai 失敗	silpae 실패
224	對決	taiketsu 対決	daegyeol 대결
225	勝利	kachi 勝ち	seung 승
226	輸	make 負け	pae 패
227	猜拳／剪刀石頭布	janken bon じゃんけんぽん	gawibawibo 가위바위보
228	獎品	shouhin 賞品	sangpum 상품
229	懲罰遊戲	batsugeemu 罰ゲーム	beolchik 벌칙
230	模仿	monomane ものまね	seongdaemosa 성대모사
231	即興表演	ippatsu gei 一発芸	gaeingi 개인기

> 韓國人猜拳時，第一句話習慣說的「안 내면 진 거（an naemyeon jin geo）」意思是「不玩就算輸」。

CHAPTER 1 韓國娛樂基本單詞

column

遊戲──偶像令人意外的一面

韓國的綜藝節目通常會進行各種有趣的遊戲。例如：伴隨快速音樂跳舞的「兩倍速舞蹈」（2 배속 댄스／ibaesok daenseu）、戴著播放吵雜聲的耳機猜測對方在說什麼的「寂靜中的吶喊」（고요속의 외침 게임／goyosokui oechim geim），以及針對題目共同作答、目標答案一致的「心連心遊戲」（일심동체 게임／ilsimdongche geim）等，都是經典的遊戲。

41

影片・社群媒體

232	影片	douga 動画	dongyeongsang 동영상
233	攝影	satsuei 撮影	chwaryeong 촬영
234	編輯	henshuu 編集	pyeonjip 편집
235	實況直播（網路）	raibu haishin ライブ配信	raibu bangsong 라이브 방송
236	上傳	appuroodo アップロード	eoprodeu 업로드
237	搜尋	kensaku 検索	geomsaek 검색
238	重播	saisei 再生	johoe 조회
239	觀看次數	saisei kaisuu 再生回数	johoe su 조회수
240	螢幕截圖	sukuriin shotto スクリーンショット	kaepcheo 캡처
241	訂閱頻道	channeru touroku チャンネル登録	chaeneol gudok 채널 구독
242	頻道訂閱者數量	channeru tourokusha suu チャンネル登録者数	chaeneol gudokja su 채널 구독자수
243	評論	komento コメント	daetgeul 댓글
244	縮圖	samuneiru サムネイル	seomneil 섬네일
245	頻道資訊	channeru jouhou チャンネル情報	chaeneol jeongbo 채널 정보
246	廣告	koukoku 広告	gwanggo 광고
247	急速上升	kyuujoushou 急上昇	geupsangseung 급상승

「댓글」是將意指「回答」的「대답하다（daedapada）」與意思是「文字」或「文章」的「글（geul）」結合而成的詞。用來指稱對影片或社群媒體投稿的評論。

YouTube 頻道說明欄的「概要」，在韓國會用「정보（jeongbo）」來表達，是指訊息的意思。

影片・社群媒體

	中文	日文	韓文
248	彩妝教學影片	メイク動画 (meiku douga)	메이크업 동영상 (meikeueop dongyeongsang)
249	ASMR	ASMR (ee'esuemuaaru)	에이에스엠알 (eieseuemal)
250	吃播	モッパン (moppan)	먹방 (meokbang)
251	帳號	アカウント (akaunto)	계정 (gyejeong)
252	開設	開設 (kaisetsu)	개설 (gaeseol)
253	追蹤	フォロー (foroo)	팔로우 (pallou)
254	追蹤者	フォロワー (forowaa)	팔로워 (pallowo)
255	DM／私訊	DM (diiemu)	디엠 (diem)
256	發推文	ツイート (tsuiito)	트위터 (teuwiteo)
257	轉推	リツイート (ritsuiito)	리트윗 (riteuwit)
258	回覆／留言	リプライ (ripurai)	리플 (ripeul)
259	限時動態（IG 的）	（Instagramの）ストーリーズ (insutaguramu no sutooriizu)	인스스 (inseuseu)
260	打卡美照／IG 洗版／曬 IG	インスタ映え (insuta bae)	인스타 감성 (inseuta gamseong)
261	主題標籤	ハッシュタグ (hasshutagu)	해시태그 (haesitaegu)
262	自拍	自撮り (jidori)	셀카 (selka)
263	對鏡自拍／鏡拍	鏡越しの自撮り (kagami goshi no jidori)	거울샷 (geoulsyat)
264	認證照／打卡照	認証ショット (ninshou shotto)	인증샷 (injeungsyat)
265	爆紅（引起話題）	バズる（話題になる） (bazuru / wadai ni naru)	화제가 되다 (hwajega doeda)

利用高性能的麥克風，將酥脆炸雞的咀嚼聲等可以刺激大腦、令人聽了心情愉悅的聲音錄製而成的影片。

此為「먹는 방송（meongneun bangsong）」的縮寫，意思是「吃飯直播」。把東西吃得津津有味的模樣拍下來的影片，是源自韓國的一種影片創作方式。

「인스타 스토리（inseuta seutori）」的縮寫，意思是「IG限時動態」。

直譯是「照鏡子自拍」。只要在 IG 上搜尋「#거울샷」，就可以找到許多反拍鏡子的自拍照。

為了證明自己曾經訪問某地或見過某人而拍的照片。韓國年輕人常用的字彙。

CHAPTER 1 韓國娛樂基本單詞

43

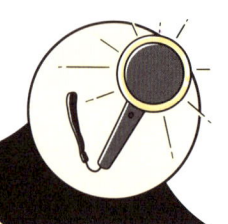

演唱會・劇場

266	票	chiketto チケット	tiket 티켓
267	提前發售	senkou hatsubai 先行発売	seonyemae 선예매
268	一般發售	ippan hatsubai 一般発売	ilbanyemae 일반예매
269	購買	kounyuu 購入	guip 구입
270	延期	enki 延期	yeongi 연기
271	取消	chuushi 中止	chwiso 취소
272	退款	haraimodoshi 払い戻し	hwanbul 환불
273	身分確認	honnin kakunin 本人確認	bonin hwagin 본인 확인

意指「本人驗證」的「본인 인증（bonin injeung）」也經常使用。

274	座位	zaseki 座席	jwaseok 좌석
275	站票區	sutandingu seki スタンディング席	seutaendingseok 스탠딩석
276	行李寄放處	tenimotsu azukarisho 手荷物預かり所	mulpumbogwanso 물품보관소
277	商品銷售	buppan 物販	gongsik emdi buseu 공식 MD 부스

直譯是「官方 MD 展位」。MD 是 merchandise 的縮寫，意指「企劃商品」。

278	周邊商品	guzzu グッズ	gutjeu 굿즈
279	手燈／螢光棒	penraito ペンライト	paenraiteu 팬라이트

意指「應援棒」的「응원봉（eungwonbong）」也經常使用。

280	應援布條／應援手幅	suroogan スローガン	seullogeon 슬로건

將給偶像訊息等內容印在上面的橫長紙條或毛巾。

281	售罄	urikire 売り切れ	maejin 매진

꽃길만 걷자

演唱會・劇場

#	中文	日文 (romaji)	韓文 (romaji)	備註
282	演唱會	コンサート (konsaato)	콘서트 (konseoteu)	
283	個人演唱會	単独コンサート (tandoku konsaato)	단독 콘서트 (dandok konseoteu)	在御宅族之間，通常縮寫為「단콘（dankon）」。
284	聯合演唱會	合同コンサート (goudou konsaato)	합동 콘서트 (hapdong konseoteu)	同一家經紀公司所屬的藝人一起舉辦的聯合演唱會。知名的有「SMTOWN LIVE」。
285	巡迴演出	ツアー (tsuaa)	투어 (tueo)	
286	世界巡迴演唱會	ワールドツアー (waarudo tsuaa)	월드투어 (woldeutueo)	
287	首爾公演	ソウル公演 (Sooru kouen)	서울 공연 (Seoul gongyeon)	
288	日本公演	日本公演 (Nihon kouen)	일본 공연 (Ilbon gongyeon)	
289	節慶／慶典	フェスティバル (fesutibaru)	페스티벌 (peseutibeol)	
290	觀眾	観客 (kankyaku)	관객 (gwangaek)	
291	無觀眾	無観客 (mukankyaku)	무관객 (mugwangaek)	
292	開幕之夜／首演／首映	初日 (shonichi)	첫공 (cheotgong)	
293	最後一天（終場演出）	最終日（楽日）(saishuubi rakubi)	막공 (makgong)	
294	全場參加／全勤	全通（全ステ）(zentsuu zen sute)	올콘 (olkon)	
295	曲目表／演出曲目清單	セトリ（セットリスト）(setori settorisuto)	셋리 (setri)	
296	MC／致詞	MC (emusii)	멘트 (menteu)	「announcement」的「ment」。用來指稱演唱會開始時的開場白「오프닝 멘트（opeuning menteu）」或結束時的閉幕致詞「클로징 멘트（keull ojing menteu）」。
297	安可	アンコール (ankooru)	앵콜 (aengkol)	
298	戲劇／話劇／舞台劇	演劇 (engeki)	연극 (yeongeuk)	
299	音樂劇	ミュージカル (myuujikaru)	뮤지컬 (myujikeol)	

CHAPTER 1 韓國娛樂基本單詞

觀光・美食

300	機場	kuukou 空港	gonghang 공항
301	機票	koukuuken 航空券	hanggonggwon 항공권
302	Wi-Fi	waifai Wi-Fi	waipai 와이파이
303	日圓	Nihon　en (日本) 円	en 엔
304	韓元	Kankoku　won (韓国) ウォン	won 원
305	換錢	ryougae 両替	hwanjeon 환전
306	投幣式寄物櫃	koin rokkaa コインロッカー	mulpumbogwanham 물품보관함
307	車站	eki 駅	yeok 역
308	高鐵	kousoku tetsudou 高速鉄道	gosokcheoldo 고속철도
309	地鐵	chikatetsu 地下鉄	jihacheol 지하철
310	T-money 卡	tii-manee　kaado T-money カード	timeoni　kadeu 티머니 카드
311	加值／儲值	chaaji チャージ	chungjeon 충전
312	巴士	basu バス	beoseu 버스
313	計程車	takushii タクシー	taeksi 택시
314	飯店	hoteru ホテル	hotel 호텔
315	紀念品店	miyage mono ten 土産物店	ginyeompum　gage 기념품 가게

> KTX 是韓國高鐵，相當於日本的新幹線。

> 最常用於巴士、地鐵、計程車等的交通 IC 卡。可以在地鐵車站或便利商店購買。

觀光・美食

316	咖啡廳	koohii shoppu コーヒーショップ	keopisyop 커피숍
317	飯館／小吃店	shokudou 食堂	sikdang 식당
318	餐廳／餐館／餐飲店	inshokuten 飲食店	eumsikjeom 음식점
319	路邊攤／攤販	yatai 屋台	pojangmacha 포장마차
320	燒肉店／烤肉店	yakinikuten 焼肉店	gogitjip 고깃집
321	盤子	sara 皿	geureut 그릇
322	筷子	hashi 箸	jeotgarak 젓가락
323	湯匙	supuun スプーン	sutgarak 숟가락
324	雞肉	chikin チキン	chikin 치킨
325	韓國泡菜／辛奇	kimuchi キムチ	kimchi 김치
326	韓式烤五花肉	samugyopusaru サムギョプサル	samgyeopsal 삼겹살
327	辣炒年糕	toppokki トッポッキ	tteokbokki 떡볶이
328	熱狗棒	hattagu ハットグ	hatdogeu 핫도그
329	糖餅	hottoku ホットク	hotteok 호떡
330	泡麵	insutanto men インスタント麺	ramyeon 라면
331	好吃的	oishii 美味しい	masitda 맛있다
332	甜甜的	amai 甘い	daldalhada 달달하다
333	辣的	karai 辛い	maepda 맵다

핫도그
即美式熱狗。炸好的麵糰裡有牽絲起司的熱狗棒「치즈핫도그（chijeuhatdogeu）」深受大家喜愛。

호떡
在糯米粉麵糰中加入蜂蜜、砂糖和堅果等材料後煎製而成的薄圓形點心。是熱門的小吃。

在韓國，「라면」就是「泡麵」。無人不愛，而且種類繁多。至於日式拉麵則是「라멘（ramen）」。

「달다（dalda）」的意思也是「甜的」，但在形容食物美味時比較常用「달달하다」。

CHAPTER 1 韓國娛樂基本單詞

美容・時尚

#	中文	日文 (羅馬拼音 / 假名)	韓文 (羅馬拼音 / 韓字)	備註
334	護膚	sukin kea / スキンケア	seukinkeeo / 스킨케어	「세안 (sean)」也是洗臉的意思，但語氣比較正式。「洗面乳」是「폼클렌징 (pomkeul-lenjing)」，「素顏」則是「쌩얼 (ssaengeol)」。
335	洗臉	sengan / 洗顔	sesu / 세수	
336	保濕	hoshitsu / 保湿	boseup / 보습	保濕產品通常會根據膚質推出商品，例如「乾性肌膚」的「건성피부 (geonseongpibu)」和「敏感性肌膚」的「민감성 피부 (mingamseong pibu)」。
337	化妝	meiku / メイク	meikeueop / 메이크업	
338	化妝水	keshousui / 化粧水	seukin / 스킨	有時化妝水會用「토너 (toneo)」，乳液則是「에멀전 (emeoljeon)」，至於精華液被稱為「세럼 (sereom)」。
339	乳液	nyuueki / 乳液	rosyeon / 로션	
340	精華液	biyoueki / 美容液	esenseu / 에센스	
341	乳霜	kuriimu / クリーム	keurim / 크림	
342	粉底	fandeeshon / ファンデーション	paundeisyeon / 파운데이션	
343	眉筆	aiburou / アイブロウ	aibeuro / 아이브로	
344	眼影	aishadou / アイシャドウ	aisyaedo / 아이섀도	
345	眼線筆	airainaa / アイライナー	airaineo / 아이라이너	
346	睫毛膏	masukara / マスカラ	maseukara / 마스카라	將睫毛夾翹的「睫毛夾」是「뷰러 (byureo)」，遮蓋黑眼圈或斑點的「遮瑕膏」則稱為「컨실러 (keonsilleo)」。
347	腮紅	chiiku / チーク	chikeu / 치크	
348	唇彩	rippu gurosu / リップグロス	ripgeulloseu / 립글로스	
349	卸妝	kurenjingu / クレンジング	keullenjing / 클렌징	

48

美容・時尚

350	黑髮	kurokami 黒髪	heukbal 흑발
351	金髮	kinpatsu 金髪	geumbal 금발
352	棕髮	chapatsu 茶髪	galsae meori 갈색 머리
353	眼鏡	megane 眼鏡	angyeong 안경
354	太陽眼鏡	sangurasu サングラス	seongeulaseu 선글라스
355	隱形眼鏡	kontakuto renzu コンタクトレンズ	kontaekteurenjeu 콘택트렌즈
356	彩色隱形眼鏡	karaa kontakuto renzu カラーコンタクトレンズ（簡稱「カラコン kara kon」）	Keolleo kontaekteurenjeu 컬러 콘택트렌즈
357	鴨舌帽／嘻哈帽	kyappu キャップ	kaep moja 캡 모자
358	襯衫	shatsu シャツ	syeocheu 셔츠
359	大學T	toreenaa トレーナー	maentumaen 맨투맨
360	夾克	jaketto ジャケット	jaket 자켓
361	裙子	sukaato スカート	seukeoteu 스커트
362	褲子	pantsu zubon パンツ／ズボン	baji 바지
363	連身裙	wanpiisu ワンピース	wonpiseu 원피스
364	運動鞋	suniikaa スニーカー	undonghwa 운동화
365	靴子	buutsu ブーツ	bucheu 부츠
366	美甲	neiru ネイル	neil 네일
367	飾品／配件	akusesarii アクセサリー	aekseseori 액세서리

隱形眼鏡在韓國通常會縮寫為「렌즈（renjeu）」。

縮寫是「컬러렌즈（keolleorenjeu）」。韓國人不說「kara kon」，要注意。

也可以說棒球帽「야구 모자（yagu moja）」。

CHAPTER 1 韓國娛樂基本單詞

49

綜藝節目的字幕

日本綜藝節目通常習慣用字幕將演出者的發言呈現出來，但韓國綜藝節目卻是利用字幕來呈現演出者的心情，如「心跳」或「起雞皮疙瘩」。接下來要介紹幾個常見字彙。

ppudeut 뿌듯	滿足
heumut 흐뭇	微笑
heungmijinjin 흥미진진	興致勃勃
banjjakbanjjak 반짝반짝	閃閃發光
kkeudeok 끄덕	點頭（點頭示意）
dugeundugeun 두근두근	心怦怦跳
soreum 소름	雞皮疙瘩
danghwang 당황	困惑、慌張
deoldeoldeol 덜덜덜	發抖
umjjil 움찔	嚇一跳
eongeong 엉엉	嗚嗚（哭）
ulkeok 울컥	感動落淚、勃然大怒
chunggyeok 충격	震驚
namnam 냠냠	大口大口吃
kulkul 쿨쿨	呼呼大睡（打呼聲，睡覺的樣子）
tteungeum 뜬금	突然、毫無預警地。

CHAPTER 2

本命常說的句子

CASE 1

問候與自我介紹

展現本命個性的問候方式真的會讓人覺得很有趣,是吧?這節收錄了一些偶像在自我介紹時的常用句子

一、二、三,大家好!我們是〇〇。

せーの、こんにちは!〇〇です。
(See no, konnichiwa / 〇〇 desu.)

001

하나 둘 셋, 안녕하세요! 〇〇입니다.
(Hana dul set, annyeonghaseyo / 〇〇 imnida)

男團或女團上台時,通常會先喊「一、二、三!」再接著說「大家好」或團體專屬問候語,最後才會介紹自己的團體名稱,這已經成為一種常見的表演慣例。「하나 둘 셋(hana dul set)」直譯就是「1、2、3」。有些團體會說「둘 셋(dul set)」(意為「2、3」),或「셋 넷(set net)」(意為「3、4」)。

52

CASE1 ／ 問候與自我介紹

002
我是○○（團體名）的▲▲（成員名）。
○○（グループ名）の▲▲（メンバー名）です。
○○의 ▲▲입니다.

003
成員的代表色是○○。
メンバーカラーは○○です。
멤버 개인 컬러는 ○○입니다.

▶「紅色」是「빨간색（ppalgansaek）」,「黃色」是「노란색（noransaek）」,「綠色」是「초록색（choroksaek）」,「藍色」是「파란색（paransaek）」,「紫色」是「보라색（borasaek）」。

004
我喜歡散步。
散歩をするのが好きです。
산책하는 걸 좋아합니다.

005
放假時我會在家裡輕鬆度過。
休みの日には家でゆっくり過ごします。
쉬는 날에는 집에서 느긋하게 지내요.

▶「스케줄 없는 날（seukejul eomneun nal）」這個表達方式也常使用，意思是「沒有行程的日子」。

006
我喜歡吃牛肉燴飯。
好きな食べ物はハヤシライスです。
좋아하는 음식은 하이라이스예요.

007
我不喜歡吃甜的東西。
甘いものが苦手です。
단 음식을 잘 못 먹어요.

008
我當了兩年的練習生。
練習生を2年間やっていました。
2년 동안 연습생 생활을 했어요.

009
出道是我的夢想。
デビューすることが僕の夢でした。
데뷔하는 게 제 꿈이었어요.

CHAPTER 2 本命常說的句子

53

CASE 2

向粉絲傳達愛意

偶像傳遞出愛的訊息對我們粉絲來說比什麼都重要。

我愛你們。
愛しています。 (Aishite imasu)

010

사랑해요. (Saranghaeyo)

即使是對韓國文化不太了解的人,多少也會聽過「사랑해요(saranghaeyo)」或「사랑해(saranghae)」這兩個詞。意思都是我愛你(們),不過「사랑해요(saranghaeyo)」是敬語,而「사랑해(saranghae)」是半語。聽到本命對自己這麼說,應該會樂上天吧。

CASE2／向粉絲傳達愛意

011
我一直很想你（們）。
　　　Zutto aitakatta desu
ずっと会いたかったです。
　Gyesok　bogo　sipeosseoyo
계속 보고 싶었어요.

▶「계속（gyesok）」的意思是「一直」。除了「보고 싶었어요（bogo sipeosseoyo，好想你）」，「만나고 싶었어요（mannago sipeosseoyo，好想見到你）」這個說法也滿普遍。

012
我無時無刻都在想你們。
　　　　Itsumo minasan no koto wo kangaete imasu
いつもみなさんのことを考えています。
　Neul　yeoreobun　saenggageul　haeyo
늘 여러분 생각을 해요.

013
很高興見到大家。
　　　Minasan ni aete totemo shiawase desu
みなさんに会えてとても幸せです。
　Yeoreobuneul　mannaseo　jeongmal　haengbokaeyo
여러분을 만나서 정말 행복해요.

014
今後我會努力展現更好的一面。
　　　　Kore kara motto yoi sugata wo miserareru you ni ganbarimasu
これからもっとよい姿を見せられるように頑張ります。
　Apeuro　deo　joeun　moseup　boyeo　deuridorok　noryeokagetseumnida
앞으로 더 좋은 모습 보여 드리도록 노력하겠습니다.

015
我希望你哪裡也不要去，看著我就好。
　　　Doko ni mo ikanaide,　　　　boku dake wo mite ite hoshii desu
どこにも行かないで、僕だけを見ていてほしいです。
　Amu　dedo　gaji　malgo　jeoman　barabwa　jusimyeon　jokesseoyo
아무 데도 가지 말고 저만 바라봐 주시면 좋겠어요.

016
今後也要一起共創更多美好的回憶喔。
　　　Kore kara mo issho ni,　　　　tanoshii omoide wo takusan tsukurimashou
これからもいっしょに、楽しい思い出をたくさんつくりましょう。
　Apeurodo　hamkke　joeun　chueok　mani　mandeureo　gayo
앞으로도 함께 좋은 추억 많이 만들어 가요.

▶「추억（chueok）」的意思是「回憶」。「美好的回憶」通常會說「좋은 추억（joeun chueok）」。

017
再次相見之前要好好保重身體喔。
　　　Mata au hi made,　　　genki de ite kudasai ne
また会う日まで、元気でいてくださいね。
　Dasi　mannal　nalkkaji　geonganghaseyo
다시 만날 날까지 건강하세요.

▶「다시（dasi）」的意思是「再次」。意思相同的「또（tto）」也滿常用。

018
無法來到現場的各位，我也愛你們。
　　　　Kaijou ni korarenai minasan mo daisuki desu
会場に来られないみなさんも大好きです。
　Gongyeonjange　mot　osin　yeoreobundo　modu　saranghamnida
공연장에 못 오신 여러분도 모두 사랑합니다.

CHAPTER 2 本命常說的句子

CASE 3

主持演唱會 炒熱氣氛

我好想知道本命用韓語主持節目時在說什麼喔！因此這一節要為有此需求的人介紹一些經典短句。

大家一起來玩吧！

Minna issho ni moriagarou
みんないっしょに盛り上がろう！

Da gachi nolja
다 같이 놀자！

「다 같이（da gachi）」的意思是「大家一起」。動詞「놀자（nolja）」的原形是「놀다（nolda）」，意思是「玩」。意指「唱歌」的動詞原形「부르다（bureuda）」如果改成「불러（bulleo）」，套用前面的句子就會變成「다 같이 불러（da gachi bulleo）」，意思是「大家一起唱歌吧」。都是經常聽到的句子。

CASE3 ／ 主持演唱會炒熱氣氛

020
準備好了嗎？
Junbi wa ii desu ka
準備はいいですか？
Junbidwaesseoyo
준비됐어요？

021
走吧！
Ikuzo
行くぞ！
Gaja
가자！

▶「가자」若是改成「가즈아（gajeua）」，語氣就會變得更有活力，可以翻成「出發囉」。

022
尖叫吧！
Sakebe
叫べ！
Sori jilleo
소리 질러！

023
再大聲一點！
Motto ookina koe de
もっと大きな声で！
Deo keuge sori jilleo
더 크게 소리 질러！

024
再來一次！
Mou ikkai
もう1回！
Han beon deo
한 번 더！

▶「한 번（han beon）」的意思是「一次」，「더（deo）」的意思是「再、更多」。

025
這是最後一首歌。
Saigo no kyoku desu
最後の曲です。
Majimak gogimnida
마지막 곡입니다．

026
這一幕我這輩子都不會忘記的。
Kono koukei wa isshou wasureraremasen
この光景は一生忘れられません。
Igwanggyeong pyeongsaeng itji motal geot gatayo
이 광경 평생 잊지 못할 것 같아요．

027
拍張紀念照吧。
Kinen ni shashin wo torimashou
記念に写真を撮りましょう。
Ginyeom sajin jjigeulgeyo
기념 사진 찍을게요．

▶ 演出結束後，藝人以觀眾為背景坐在舞台上拍團體照已成為最近的常見做法。

CHAPTER 2 本命常說的句子

CASE 4

向粉絲報告

要是能夠聽懂本命的報告，而且立刻做出反應那有多好呀，是吧？

我們回歸了！

カムバックしました！
Kamubakku shimashita

컴백했어요！
Keombaekaesseoyo

K-POP 的藝人發表新歌，並參加節目演出等活動的時期，被稱為「컴백（keombaek）」，意思是「回歸」。因為生病或服兵役等原因而暫停活動的成員回歸後，整個團體以完整陣容重啟活動時，通常會向粉絲宣告這句話「완전체로 컴백했어요！（wanjeonchero keombaekaesseoyo）」，意思是「全員到齊，正式回歸」。

CASE4 ／ 向粉絲報告

029
音樂錄影帶已經公開了。
　　　Myuujikku bideo ga koukai saremashita
ミュージックビデオが公開されました。
　Myujikbidioga　　　gonggaedoeeotseumnida
뮤직비디오가 공개되었습니다.

030
我今天是來拍攝的。
　　Kyou wa satsuei ni kite imasu
今日は撮影に来ています。
Oneureun chwaryeonghareo wasseoyo
오늘은 촬영하러 왔어요.

▶ 在拍攝「촬영（chwaryeong）」之前，通常會先進行專輯封面「엘범 자켓（elbeom jaket）」或寫真集「화보집（hwabojip）」等攝影工作。

031
今晚我會在 IG 實況直播。
　　　Konya insuta raibu wo yarimasu
今夜インスタライブをやります。
Oneul　bame　inseuta　rabanghalgeyo
오늘 밤에 인스타 라방할게요.

▶ 「라방（rabang）」是「라이브 방송（raibeu bangsong）」的縮寫，意思是「直播」。

032
拿到第一名了。
　　Ichii ni narimashita
1位になりました。
Irwi　haesseoyo
1위 했어요.

▶ 有時會在第一名「1위（irwi）」前面加上音樂節目「음방（eumbang）」或音源排行榜「음원차트（eumwonchateu）」以具體說明。

033
獲得新人獎了。
　　Shinjinshou wo jushou shimashita
新人賞を受賞しました。
Sininsang　badasseoyo
신인상 받았어요.

▶ 「年度歌手獎」是「올해의 가수상（olhaeui gasusang）」，「大獎」是「대상（daesang）」。

034
演唱會巡迴行程已經確定了。
　　Ariina tsuaa ga kettei shimashita
アリーナツアーが決定しました。
Arena　tueoga　gyeoljeongdwaesseoyo
아리나 투어가 결정됐어요.

035
我要參與電視劇的演出。
　　Dorama ni shutsuen shimasu
ドラマに出演します。
Deuramae　churyeonhaeyo
드라마에 출연해요.

036
我 24 歲了。
　　Nijuuyonsai ni narimashita
24歳になりました。
Seumulle　sal　dwaesseoyo
스물네 살 됐어요.

▶ 韓國人在談論年齡時，通常會使用固有數詞。詳見 p.189。

CHAPTER 2　本命常說的句子

CASE 5

向粉絲提問

這節介紹的是本命在詢問粉絲對表演的感想時經常使用的句子。

大家想我們嗎?

<small>Minasan,　　　　　　　　　　bokutachi ni aitakatta desu ka</small>
みなさん、僕たちに会いたかったですか?

037
<small>Yeoreobun,　　jeohui　　bogo　　　sipeosseoyo</small>
여러분, 저희 보고 싶었어요?

K-POP的藝人在面對一直等待自己回歸的粉絲們時，通常會在舞台上問這樣的問題。當觀眾的粉絲熱情地回答「네（ne）」，也就是「是的」時，藝人通常會回應「저희도 보고 싶었어요（jeohuido bogo sipeosseoyo）」，意思是「我（們）也很想你們」。

60

CASE5 ／ 向粉絲提問

038
大家今晚的節目看了嗎？
Konya no housou wo mite kuremashita ka
今夜の放送を見てくれましたか？
Oneul bam bangsong bosyeosseoyo
오늘 밤 방송 보셨어요？

039
我們的表演怎麼樣？
Bokutachi no pafoomansu wa dou deshita ka
僕たちのパフォーマンスはどうでしたか？
Jeohui peopomeonseu eottaesseoyo
저희 퍼포먼스 어땠어요？

> 粉絲們通常會回應「무대 찢었어요」（mudae jjijeosseoyo），意思是「表現超級精采」。

040
玩得開心嗎？
Tanoshinde kuremashita ka
楽しんでくれましたか？
Jeulgeousyeosseoyo
즐거우셨어요？

041
我很緊張，但表現得還好吧？
Kinchou shimashita ga, umaku dekite imashita ka
緊張しましたが、うまくできていましたか？
Ginjanghaenneunde gwaenchanasseoyo
긴장했는데 괜찮았어요？

042
大家新歌都背了嗎？
Shinkyoku wa mou oboete kuremashita ka
新曲はもう覚えてくれましたか？
Singok da oewonnayo
신곡 다 외웠나요？

043
大家比較喜歡哪套服裝呢？
Minasan wa, dono ishou ga suki desu ka
みなさんは、どの衣装が好きですか？
Yeoreobuneun eoneu osi deo joayo
여러분은 어느 옷이 더 좋아요？

> 詢問粉絲意見時，「뭐가 더 좋아요？（mwoga deo joayo，哪個比較好？）」也是常用的句子。

044
請告訴我你們喜歡的部分。
Minasan no suki na paato wo oshiete kudasai
みなさんの好きなパートを教えてください。
Yeoreobuni joahaneun pateu allyeo juseyo
여러분이 좋아하는 파트 알려 주세요．

045
吃飽了嗎？
Chanto gohan tabemashita ka
ちゃんとご飯食べましたか？
Bap jal meogeosseoyo
밥 잘 먹었어요？

> 韓國人習慣問對方吃飽了沒。與其說是真的想知道對方是否已經吃了，不如說是一種寒暄問候。

CHAPTER 2 本命常說的句子

61

CASE 6

請求粉絲協助

本命在請求粉絲幫忙收看音樂節目或收聽新曲時會使用的句子。

希望大家多多關注與支持！

Takusan no kanshin to ai wo onegaishimasu
たくさんの関心と愛をお願いします！

046

Mangwansabu
많관사부!

取「많은 관심과 사랑 부탁드립니다（maneun gwansimgwa sarang butakdeurimnida）」每個詞的第一個字所組成的創造詞。 常見於藝人貼文的主題標籤中。「많관부（mangwanbu，多多關注）」及「많사부（mansabu，多多關愛）」等表達方式亦經常使用。

62

CASE6 ╱ 請求粉絲協助

047
首次公開新歌。
初めて新曲を披露します。
Hajimete shinkyoku wo hirou shimasu
처음으로 신곡을 공개합니다.
Cheoeumeuro singogeul gonggaehamnida

▶ 在社群媒體的貼文中通常會寫著「최초 공개（choecho gonggae，首次公開）」。

048
我非常努力地在準備。
一生懸命準備しました。
Isshoukenmei junbi shimashita
열심히 준비했어요.
Yeolsimhi junbihaesseoyo

049
敬請期待。
たくさん期待してください。
Takusan kitai shite kudasai
많이 기대해 주세요.
Mani gidaehae juseyo

050
敬請準時收看。
リアルタイムで見てくださいね。
Riarutaimu de mite kudasai ne
본방사수 부탁드립니다.
Bonbangsasu butakdeurimnida

▶「본방사수」（bonbangsasu，本放送死守或死守首播）是將「본방송」（bonbangsong，本放送，即首播）與「사수」（sasu，死守）組合而成的韓語創造詞，用來表示一定要準時收看節目直播，絕不錯過。

051
千萬別錯過！
お見逃しなく！
Ominogashi naku
놓치지 마세요！
Notchiji maseyo

052
大家要多多收聽喔！
いっぱい聞いてください。
Ippai kiite kudasai
많이 들어 주세요.
Mani deureo juseyo

053
請跟著關鍵舞步一起跳。
ポイントとなる振付を真似してみてください。
Pointo to naru furitsuke wo mane shite mite kudasai
포인트 안무를 따라해 보세요.
Pointeu anmureul ttarahae boseyo

▶「포인트 안무（pointeu anmu）」直譯是「重點舞蹈」，指曲子的獨特編舞，或是粉絲容易模仿的舞蹈動作。

054
敬請期待今後的表演。
次のステージも楽しみにしてください。
Tsugi no suteeji mo tanoshimi ni shite kudasai
다음 무대도 많이 기대해 주세요.
Daeum mudaedo mani gidaehae juseyo

CHAPTER 2 本命常說的句子

63

―――― CASE 7 ――――

感謝粉絲

讓我們回應本命所傳達的感謝之情,今後也要繼續為他們應援喔!

永遠感謝大家的支持與陪伴。

Itsumo arigatou
いつもありがとう。

055

Neul　　　gamsahamnida
늘 감사합니다.

「一直」是「늘(neul)」、「謝謝」是「감사합니다(gamsahamnida)」。這是表達感謝的基本句子,更隨意的說法還有「고맙습니다(gomapseumnida)」和「고마워요(gomawoyo)」。

CASE7 / 感謝粉絲

056
感謝各位的支持,我們終於出道一週年了。
みなさんのおかげで、デビュー1周年を迎えました。
_{Minasan no okage de, debyuu isshuunen wo mukaemashita}
여러분 덕분에 데뷔 1주년을 맞이했습니다.
_{Yeoreobun deokbune debwi iljunyeoneul majihaetseumnida}

> 「주년(junyeon)」的意思是「週年」。通常會在前面加上漢字數詞來表示「○週年」。有關漢字數詞詳見 p.188。

057
感謝大家的厚愛。
たくさん愛してくれて、ありがとう。
_{Takusan aishite kurete, arigatou}
많이 사랑해 주셔서 감사합니다.
_{Mani saranghae jusyeoseo gamsahamnida}

058
感謝大家長久以來的支持。
ここまで支えてくれたすべての方に感謝しています。
_{Koko made sasaete kureta subete no kata ni kansha shite imasu}
지금까지 항상 지지해 주신 여러분 감사합니다.
_{Jigeumkkaji hangsang jijihae jusin yeoreobun gamsahamnida}

059
謝謝大家給我第一名這個禮物。
1位をプレゼントしてくれて、ありがとう。
_{Ichii wo purezento shite kurete, arigatou}
1위라는 선물을 주셔서 고마워요.
_{Irwiraneun seonmureul jusyeoseo gomawoyo}

060
很榮幸能夠獲得這麼棒的獎項。
素敵な賞をいただき、光栄です。
_{Suteki na shou wo itadaki, kouei desu}
훌륭한 상을 받게 되어 영광입니다.
_{Hullyunghan sangeul batge doeeo yeonggwangimnida}

061
我會更加努力,以回報大家的支持。
みなさんに恩返しできるように頑張ります。
_{Minasan ni ongaeshi dekiru you ni ganbarimasu}
여러분에게 보답할 수 있도록 더 노력하겠습니다.
_{Yeoreobunege bodaphal su itdorok deo noryeokagetseumnida}

062
希望未來也能繼續與大家在一起。
これからもみなさんと共に歩いていけたら嬉しいです。
_{Kore kara mo minasan to tomo ni aruite iketara ureshii desu}
앞으로도 여러분과 함께할 수 있으면 좋겠어요.
_{Apeurodo yeoreobungwa hamkkehal su isseumyeon jokesseoyo}

063
今後還請多多支持與鼓勵。
これからもたくさんの声援をお願いします。
_{Kore kara mo takusan no seien wo onegaishimasu}
앞으로도 많은 성원 부탁드립니다.
_{Apeurodo maneun seongwon butakdeurimnida}

CHAPTER 2 本命常說的句子

偶像的口號

粉絲和媒體經常以各種稱呼來形容風格獨特的 K-POP 偶像。接下來要介紹幾個常用的字彙。

비주얼 담당 (bijueol damdang)	顏值擔當、門面擔當
애교 담당 (aegyo damdang)	撒嬌擔當、可愛擔當
만찢남 (manjjinnam)	撕漫男（外貌異於常人的男性）
4 차원 (sachawon)	四次元（有著超越常規思維方式的神秘角色）
울보 (ulbo)	愛哭鬼、感性擔當
막내 (mangnae)	老么／忙內
맏내 (mannae)	有老么魂的長男、長女
댄싱 머신 (daensing meosin)	舞蹈機器
동안 (dongan)	童顏、娃娃臉
패셔니스트 (paesyeoniseuteu)	時尚達人
사랑둥이 (sarangdungi)	心肝寶貝
갭신갭왕 (gaepsingaebwang)	反差神、反差王（平常的樣子和舞台上的樣子有反差的人物）
걸 크러쉬 (geol keureoswi)	女孩崇拜（讓令同為女性仰慕、充滿魅力的女性）
뇌섹남 (noesengnam)	腦性男、腦袋性感的男人（智者）
파괴왕 (pagoewang)	破壞王（總是笨手笨腳地把東西給弄壞的可愛角色）
유교보이, 유교걸 (yugyoboi, yugyogeol)	儒教男孩、儒教女孩（保守派偶像）

CHAPTER

3

向本命傳達心意的句子

CASE 1

問候與自我介紹

和本命交流就從問候開始！只要記住這幾句就能派上用場喔。

我是你的粉絲。

Watashi wa anata no fan desu
私はあなたのファンです。

Naneun　　neoui　　paeniya
나는 너의 팬이야.

韓語與日語一樣，也有因對象不同而細分成敬語和半語的用法。與偶像對話時，通常會以與親友交談的方式來表達，像是「我」不是用「저는（jeoneun）」，而是用「나는（naneun）」；「你」的話不是用「당신（dangsin）」，而是用「너（neo）」等半語。

CASE1 ／ 問候與自我介紹

065
你好。
Konnichiwa
こんにちは。
Annyeonghaseyo
안녕하세요？

▶ 在韓國，「早安」、「午安」、「晚安」沒有區別。「你好」的半語是「안녕？（annyeong）」。

066
再見。
Sayounara
さようなら。
Annyeong
안녕~

▶ 分別時用半語簡單致意，說「annyeong~」就可以了。

067
很高興認識你。
Hajimemashite
はじめまして。
Cheoeum boepgetseumnida
처음 뵙겠습니다.

068
好久不見。
Ohisashiburi desu
お久しぶりです。
Oraenmanieyo
오랜만이에요.

069
我從日本來的。
Nihon kara kimashita
日本から来ました。
Iboneseo wasseoyo
일본에서 왔어요.

▶ 註：可替換日本（日本）為臺灣「대만（Daeman）」。

070
我正在學韓語。
Kankokugo wo benkyou chuu desu
韓国語を勉強中です。
Hangugeo gongbu jungieyo
한국어 공부 중이에요.

071
自出道以來我就一直支持你們。
Debyuu no toki kara ouen shite imasu
デビューのときから応援しています。
Debwi ttaebuteo eungwonhaesseoyo
데뷔 때부터 응원했어요.

▶ 「從練習生的時候」韓語是「연습생 때부터（yeonseupsaeng ttaebuteo）」。

072
看了（聽了）《○○》（作品名）之後我就入坑了。
○○ sakuhin mei wo mite kiite suki ni narimashita.
○○（作品名）を見て（聞いて）好きになりました。
○○ bogo deutgo paeni dwaesseoyo.
○○ 보고 (듣고) 팬이 됐어요.

CHAPTER 3 向本命傳達心意的句子

69

CASE 2

表達愛意

這一節收集了在粉絲見面會或視訊通話會中,能在短短幾秒內向本命傳達愛意的表達方式。

我好想你喔。

Sugoku aitakatta desu
すごく会いたかったです。

Neomu　　　bogo　　　sipeosseoyo
너무 보고 싶었어요.

去掉原形動詞的語尾,然後加上「고 싶다 (go sipda)」,就可以來表示想要做某事的願望。例如原形動詞「보다 (boda)」的意思是「看」。若去掉語尾的「다」,改成「보고 싶다 (bogo sipda)」,意思就是「想念」,是常用的句子。若將「싶다 (sipda)」改成「싶어요 (sipeoyo)」時,也就是「〜고 싶어요 (go sipeoyo)」的話,那就是「〜고 싶다」的禮貌說法;若改成「싶었어요 (sipeosseoyo)」,也就是「〜고 싶었어요 (go sipeosseoyo)」的話,就代表過去式,意思是「曾經想做〜」。

CASE2 ／ 表達愛意

074
我是第一次來見你的！
Hajimete ai ni kimashita
初めて会いに来ました。
Cheoeum mannareo wasseoyo
처음 만나러 왔어요.

075
這樣見面已經是第三次了。
Koushite au no wa san kaime desu
こうして会うのは3回目です。
Ireoke mannaneun geon se beonjjaeyeyo
이렇게 만나는 건 세 번째예요.

076
很高興見到你。
Oai dekite ureshii desu
お会いできて嬉しいです。
Mannal su isseoseo gippeoyo
만날 수 있어서 기뻐요.

077
我為了今天很努力地在工作（學習）。
Kyou no tame ni shigoto benkyou ganbarimashita
今日のために仕事（勉強）頑張りました。
Oneureul wihaeseo yeolsimhi il gongbu haesseoyo
오늘을 위해서 열심히 일(공부)했어요.
▶「일（il）」的意思是「工作」、「공부（gongbu）」是「學習」。

078
我愛得要命。
Suki sugite shini sou desu
好きすぎて死にそうです。
Neomu joaseo jugeul geot gatayo
너무 좋아서 죽을 것 같아요.
▶ 쓰러질 것 같아요（sseureojil geot gatayo，我快要倒下去了）」也經常使用。

079
我非常緊張。
Totemo kinchou shite imasu
とても緊張しています。
Eomcheong ginjanghaesseoyo
엄청 긴장했어요.

080
本人比照片更帥氣！
Shashin yori jitsubutsu no hou ga motto suteki desu
写真より実物のほうがもっと素敵です！
Sajinboda silmuri deo meotjyeoyo
사진보다 실물이 더 멋져요！

081
好香的味道喔！
Ii nioi ga shimasu
いいにおいがします！
Joeun naemsaega nayo
좋은 냄새가 나요！

CHAPTER 3 向本命傳達心意的句子

71

082

我一直在等待你的回歸。
カムバックを待っていました。
Kamubakku wo matte imashita
컴백을 기다리고 있었어요.
Keombaegeul gidarigo isseosseoyo

083

這首新歌太棒了。
新曲、すばらしかったです。
Shinkyoku, subarashikatta desu
신곡 엄청났어요.
Singok eomcheongnasseoyo

084

我去看演唱會了。
コンサートに行きました。
Konsaato ni ikimashita
콘서트에 갔어요.
Konseoteue gasseoyo

085

這是最棒的表演。
最高のパフォーマンスでした。
Saikou no pafoomansu deshita
최고의 퍼포먼스였어요.
Choegoui peopomeonseuyeosseoyo

086

我每天都在聽OO（對方的名字）的歌。
毎日、○○（相手の名前）の曲を聴いています。
Mainichi, OO aite no namae no kyoku wo kite imasu
매일 ○○ 노래를 듣고 있어요.
Maeil OO noraereul deutgo isseoyo

087

在OO（對方的名字）的歌中得到安慰。
○○（相手の名前）の曲に癒されています。
OO aite no namae no kyoku ni iyasarete imasu
○○ 노래에 위로 받고 있어요.
OO noraee wiro batgo isseoyo

「○○ 노래로 힐링하고 있어요（OO noraero hillinghago isseoyo，用OO的歌曲進行療癒）」這種表達方式也經常聽到。

088

上次的綜藝節目真的很有趣！
先日のバラエティ番組、面白かったです！
Senjitsu no baraeti bangumi, omoshirokatta desu
지난번 예능, 재미있었어요！
Jinanbeon yeneung, jaemiisseosseoyo

089

成員們之間的和睦讓我感到溫馨。
メンバーの仲の良さにほっこりしました。
Menbaa no naka no yosa ni hokkori shimashita
멤버들 사이가 좋아서 마음이 따뜻해져요.
Membeodeul saiga joaseo maeumi ttatteutaejyeoyo

72

CASE2 ／ 表達愛意

090
上次的那部電視劇實在是太好看了！
Senjitsu no dorama, totemo yokatta desu
先日のドラマ、とてもよかったです！
Jinanbeon deurama, neomu joasseoyo
지난번 드라마, 너무 좋았어요!

091
演技令人感動。
Engiryoku ni kandou shimashita
演技力に感動しました。
Yeongiryeoge gamdonghaesseoyo
연기력에 감동했어요.

092
這個角色很適合你。
Hamari yaku deshita
ハマり役でした。
Geu yeokare ttagieosseoyo
그 역할에 딱이었어요.

093
新的電視劇我一定會看。
Atarashii dorama, kanarazu mimasu
新しいドラマ、必ず観ます。
Sae deurama, kkok bolgeyo
새 드라마, 꼭 볼게요.

094
我永遠不會忘記今天的。
Kyou no koto wa, zettai ni wasuremasen
今日のことは、絶対に忘れません。
Oneureul jeoldae itji aneu geoyeyo
오늘을 절대 잊지 않을 거예요.

095
暫時無法見面實在太令人難過了……
Shibaraku aenai nante, kanashi sugimasu
しばらく会えないなんて、悲しすぎます…。
Dangbungan mannal su eopdani neomu seulpeoyo
당분간 만날 수 없다니 너무 슬퍼요...

096
期待再次相見的那一天。
Mata aeru hi wo tanoshimi ni shite imasu
また会える日を楽しみにしています。
Dasi mannal nareul gidaehago isseulgeyo
다시 만날 날을 기대하고 있을게요.

097
我永遠愛你。
Eien ni aishiteru yo
永遠に愛してるよ。
Yeongwonhi saranghae
영원히 사랑해.

▶「영원히（yeongwonhi，永遠地）」這個詞是粉絲在展現熱情時經常使用的表達方式。

CHAPTER 3 向本命傳達心意的句子

73

CASE 3

讚美

看著日復一日努力不懈的本命無論是表演還是演技,都值得獻上最高的讚美。這就是身為御宅族的意義。

好可愛喔!

Kawaii desu
かわいいです!

Gwiyeowoyo
귀여워요!

形容詞「귀엽다(gwiyeopda,可愛的)」是原形,敬語形式是「귀여워요(gwiyeowoyo)」,可以用來形容氣氛或行為很可愛。 形容外貌美麗時通常會說「예뻐요(yeppeoyo,好美喔)」,敬語形式。原形是「예쁘다(yeppeuda)」。這原本是用來形容女性美麗的詞彙,但在追星的世界裡,有時也會用來形容男性。順帶一提,「귀엽다(gwiyeopda)」名詞化後是「귀요미(gwiyomi)」,意思是「可愛的孩子」。

CASE3 ／ 讚美

好酷喔！
Kakkoii desu
かっこいいです！
Meosisseoyo
멋있어요!

> 意思相同的「멋져요（meotjyeoyo）」也經常使用。
> 「很帥」的韓語是「잘 생겼어요（jal saenggyeosseoyo）」。

你的笑容很迷人！
Egao ga suteki desu
笑顔が素敵です！
Unneun eolguri meotjyeoyo
웃는 얼굴이 멋져요!

太耀眼了，讓我無法直視。
Mabushikute miemasen
眩しくて見えません。
Nuni busyeoseo bol suga eopseoyo
눈이 부셔서 볼 수가 없어요.

美得令人窒息。
Amari no utsukushisa ni iki ga tomarisou desu
あまりの美しさに息が止まりそうです。
Neomu yeppeoseo sumi meojeul geot gatayo
너무 예뻐서 숨이 멎을 것 같아요.

最近看起來更美了！
Saikin sarani kirei ni narimashita ne
最近さらにきれいになりましたね。
Yojeum deo yeppeojisyeonneyo
요즘 더 예뻐지셨네요.

為什麼你的臉這麼小？
Doushite sonna ni kao ga chiisai no
どうしてそんなに顔が小さいの？
Eojjeom geureoke eolguri jagayo
어쩜 그렇게 얼굴이 작아요?

與眾不同的風格。／超越次元的風格。
Ijigen no sutairu
異次元のスタイル。
Chawoni dareun seutail
차원이 다른 스타일.

新髮型超級襯！／這髮型簡直神選！
Atarashii kamigata, niatteru
新しい髪型、似合ってる！
Bakkun heeoseutail jal eoullyeoyo
바꾼 헤어스타일 잘 어울려요!

> 「髮型」的另一種說法是「머리 모양（meori moyang）」。

107

高音部分讓我起雞皮疙瘩。
Kouon ni torihada ga tachimashita
高音に鳥肌が立ちました。
Goeum ttae soreum dodasseoyo
고음 때 소름 돋았어요.

108

低音讓我的耳膜快要融化。
Teion boisu ni komaku ga tokemasu
低音ボイスに鼓膜が溶けます。
Jeoeumeseo gomagi noganaeryeoyo
저음에서 고막이 녹아내려요.

▶ 聲音迷人的男歌手有時會被稱為「고막남친（gomangnamchin，耳膜男友／融化耳膜的男友」。

109

現場演唱很穩定。
Nama uta ga antei shite imasu
生歌が安定しています。
Raibeuga anjeongjeogieyo
라이브가 안정적이에요.

110

這段舞蹈簡直絕了。
Dansu bureiku ni shibiremashita
ダンスブレイクに痺れました。
Daenbeu jjaritaesseoyo
댄브가 짜릿했어요.

▶「댄브（daenbeu）」是「댄스 브레이크（daenseu beureikeu）」的縮寫，意思是「舞蹈段落」。詳見p.25。

111

跳舞時的身體曲線很美。
Dansu no toki no karada no rain ga kirei desu
ダンスのときの体のラインがきれいです。
Chulseoni yeppeoyo
춤선이 예뻐요.

▶「춤선（chongseon）」是指跳舞時的身體曲線。韓國偶像迷之間常用的詞語。

112

從頭到腳都完美無瑕。
Atama no teppen kara tsumasaki made kanpeki desu
頭のてっぺんからつま先まで完璧です。
Meorikkeutbuteo balkkeutkkaji wanbyeokaeyo
머리끝부터 발끝까지 완벽해요.

113

這段饒舌太厲害了！
Rappu ga sugoku ii desu
ラップがすごくいいです。
Raebi michyeosseoyo
랩이 미쳤어요.

▶ 動詞「미쳤어요（michyeosseoyo）」的原形是「미치다（michida）」，意指「發瘋」。而「瘋狂」也可以當作誇獎的語氣來使用。

114

你的作詞才華真是出眾。
Sakushi sensu ga hikatte imasu
作詞センスが光っています。
jaksa senseuga bicheul balhaneyo
작사 센스가 빛을 발하네요.

CASE3 ／ 讚美

115
表現力太豐富了！
表現力が豊かです！
(Hyougenryoku ga yutaka desu)
표현력이 풍부해요!
(Pyohyeonnyeogi pungbuhaeyo)

116
任何概念都能駕馭。
どんなコンセプトもこなせています。
(Donna konseputo mo konasete imasu)
어떤 컨셉이든 소화 가능해요.
(Eotteon keonsebideun sohwa ganeunghaeyo.)

117
我被舞台上的反差給吸引了！
ステージでのギャップにやられました！
(Suteeji de no gyappu ni yararemashita)
무대에서의 갭에 뿅 갔어요!
(Mudaeeseoui gabe ppyong gasseoyo)

▶ 雖然是意思重複的字詞，但不少人會用「差距（갭）＋差異（차이）」＝「갭 차이（gaep chai）」來表達反差之意。

118
表情變化很有魅力。
表情の変化が魅力的です。
(Hyoujou no henka ga miryokuteki desu)
표정 변화가 매력적이에요.
(Pyojeong byeonhwaga maeryeokjeogieyo)

119
姐姐（哥哥）是我的偶像。
オンニ（オッパ）は私の憧れです。
(Onni oppa wa watashi no akogare desu)
언니(오빠)는 내 우상이에요.
(Eonni oppa neun nae usangieyo)

▶ 「偶像」是「우상（usang）」。也可以換成「夢想」，也就是「로망（romang）」。

120
我非常尊敬你努力不懈的模樣。
絶えず努力する姿を尊敬しています。
(Taezu doryoku suru sugata wo sonkei shite imasu)
끊임없이 노력하는 모습을 존경해요.
(Kkeunimeopsi noryeokaneun moseubeul jongyeonghaeyo)

121
你是最棒的領袖。
最高のリーダーです。
(Saikou no riidaa desu)
최고의 리더예요.
(Choegoui rideoyeyo)

122
最強的團隊合作。
最強のチームワークです。
(Saikyou no chiimuwaku desu)
최강의 팀워크예요.
(Choegangui timwokeuyeyo)

CHAPTER 3 向本命傳達心意的句子

― CASE 4 ―

提問

午餐你吃了什麼？跟你比較要好的成員是誰？無論是面對面還是透過螢幕，看到本命就是會有問不完的問題！

最近迷上的東西是什麼？

Saikin hamatte iru mono wa nan desu ka
最近ハマっているものは何ですか？

Yojeum　ppajyeo　inneun　geon　mwoyeyo
요즘 빠져 있는 건 뭐예요?

「요즘（yojeum）」的意思是「最近」。語氣偏口語的「요새（yosae）」及偏正式的「최근（choegeun）」也經常使用。「빠져 있는 건（ppajyeo inneun geon）」的意思是「正在沉迷的東西是～」，**뭐예요（mwoyeyo）意指「是什麼」。** 也可以用「관심 있는 건（gwansim inneun geon）」來代替，意思是「感興趣的東西是～」，或者用「좋아하는건（joahaneun geon）」來代替，意思是「喜歡的東西是～」。

CASE4 ／ 提問

在這張專輯裡你最喜歡的歌曲是哪一首？
Konkai no arubamu de ichiban suki na kyoku wa nan desu ka
今回のアルバムで一番好きな曲は何ですか？
Ibeon aelbeomeseo jeil joahaneun gogeun mwoyeyo
이번 앨범에서 제일 좋아하는 곡은 뭐예요？

▶「좋아하는（joahaneun）」意指「喜歡的」，也可以換成「推薦的」的「추천하는（chucheonhaneun）」。

你喜歡的歌詞是什麼？
Suki na kashi wa nan desu ka
好きな歌詞は何ですか？
Joahaneun gasaneun mwoyeyo
좋아하는 가사는 뭐예요？

你喜歡的舞蹈動作是什麼？
Suki na furitsuke wa nan desu ka
好きな振付は何ですか？
Joahaneun anmuneun mwoyeyo
좋아하는 안무는 뭐예요？

你喜歡的服裝是什麼？
Suki na ishou wa nan desu ka
好きな衣装は何ですか？
Joahaneun uisangeun mwoyeyo
좋아하는 의상은 뭐예요？

最近常聽的歌曲是什麼？
Saikin yoku kiku kyoku wa nan desu ka
最近よく聴く曲は何ですか？
Yojeum jaju deunneun noraeneun mwoyeyo
요즘 자주 듣는 노래는 뭐예요？

今天的TMI是什麼？
Kyou no tiiemuai wa nan desu ka
今日のTMIは何ですか？
Oneurui tiemai neun mwoyeyo
오늘의 TMI는 뭐예요？

▶「TMI」是「Too Much Information」的縮寫，意思是「無關緊要的資訊、小道消息」。p.27也有解說。

有什麼特別愛吃的嗎？／最愛的美食是什麼？
Suki na tabemono wa nan desu ka
好きな食べ物は何ですか？
Joahaneun eumsigi mwoyeyo
좋아하는 음식이 뭐예요？

午餐吃了什麼？
Ohiru wa nani wo tabemashita ka
お昼は何を食べましたか？
Jeomsimmwo meogeosseoyo
점심 뭐 먹었어요？

▶「早餐」是「아침（achim）」，「午餐」是「점심（eomsim）」，「晚餐」是「저녁（jeonyeok）」。

CHAPTER 3 向本命傳達心意的句子

132
保養皮膚的秘訣是什麼？

Bihada no hiketsu wa nan desu ka
美肌のヒケツは何ですか？

Pibuga joeun bigyeoli mwoyeyo
피부가 좋은 비결이 뭐예요？

133
要怎麼樣才能像 OO（對方的名字）一樣可愛呢？

Doushitara OO aite no namae mitai ni kawaiku naremasu ka
どうしたら○○（相手の名前）みたいにかわいくなれますか？

Eotteoke hamyeon OO cheoreom yeppeojil su isseoyo
어떻게 하면 ○○처럼 예뻐질 수 있어요？

134
你用什麼香水？

Kousui wa nani wo tsukatte imasu ka
香水は何を使っていますか？

Hyangsu mwo sseoyo
향수 뭐 써요？

135
你有打算換髮色嗎？

Kamiiro wo kaeru yotei wa arimasu ka
髪色を変える予定はありますか？

Meorisaek bakkul gyehoek isseoyo
머리색 바꿀 계획 있어요？

「預定」直譯成韓語是「예정（yejeong）」，但在這種語境之下意指「計畫」的「계획（gyehoek）」反而比較常用。

136
你喜歡的日語單詞是什麼？

Suki na Nihongo wa nan desu ka
好きな日本語は何ですか？

Joahaneun ilboneoneun mwoyeyo
좋아하는 일본어는 뭐예요？

註：可將「일본어」（日語）替換成臺語（臺灣話）：대만어（daemaneo）；中文：중국어（junggukeo）。

137
你最近學到的日語是什麼？

Atarashiku oboeta Nihongo wa nan desu ka
新しく覚えた日本語は何ですか？

Saero oeun ilboneoneun mwoyeyo
새로 외운 일본어는 뭐예요？

138
你有想去日本的什麼地方嗎？

Nihon de itte mitai tokoro wa arimasu ka
日本で行ってみたいところはありますか？

Ilboneseo ga bogo sipeun got isseoyo
일본에서 가 보고 싶은 곳 있어요？

139
你到日本後想吃什麼呢？

Nihon ni kitara nani ga tabetai desu ka
日本に来たら何が食べたいですか？

Ilbone omyeon mueoseul meokgo sipeoyo
일본에 오면 무엇을 먹고 싶어요？

CASE4 ／ 提問

140
你覺得自己像哪種動物呢？
Jibun wa dono doubutsu ni niteru to omoimasu ka
自分はどの動物に似てると思いますか？
Jasini eotteon dongmulgwa dalmatdago saenggakaeyo
자신이 어떤 동물과 닮았다고 생각해요?

141
你跟哪個成員最要好？
Ichiban naka no ii menbaa wa dare desu ka
一番仲のいいメンバーは誰ですか？
Jeil chinhan membeoneun nuguyeyo
제일 친한 멤버는 누구예요?

142
如果要組成團體，誰是最佳人選呢？
Yunitto wo kumu nara, dare ga ii desu ka
ユニットを組むなら、誰がいいですか？
Yuniseul mandeundamyeon nuga joayo
유닛을 만든다면 누가 좋아요?

143
你的飯店室友是誰？
Hoteru no ruumumeito wa dare desu ka
ホテルのルームメイトは誰ですか？
Hotel rummeneun nuguyeyo
호텔 룸메는 누구예요?

▶「룸메（rumme）」是室友「룸메이트（rummeiteu）」的縮寫。

144
最近在〇〇（團體名稱）裡流行什麼？
Saikin 〇〇 guruupu mei nai de hayatte iru mono wa nan desu ka
最近〇〇（グループ名）内で流行っているものは何ですか？
Yojeum 〇〇 aneseo yuhaenghaneun geon mwoyeyo
요즘 〇〇 안에서 유행하는 건 뭐예요?

145
誰是你的榜樣？
Rooru moderu wa imasu ka
ロールモデルはいますか？
Rol moderi isseoyo
롤 모델이 있어요?

146
下次什麼時候來日本呢？
Tsugi wa itsu Nihon ni kite kuremasu ka
次はいつ日本に来てくれますか？
Daeumeneun eonje Ilbone wa jusil geoyeyo
다음에는 언제 일본에 와 주실 거예요?

147
你下一個目標是什麼？
Tsugi no mokuhyou wa nan desu ka
次の目標は何ですか？
Daeum mokpyoneun mwoyeyo
다음 목표는 뭐예요?

▶ 到目前為止出現的「뭐예요？（mwoyeyo）」意指「是什麼」。也可以換成「있어요？（isseoyo）」，意思是「有嗎」。

CHAPTER 3 向本命傳達心意的句子

81

CASE 5

提出要求

即使是讓人擔心說韓語恐怕會溝通不良的視訊通話,只要事先準備應援板,忐忑的心會更踏實!從經典到現實戀愛風,各種表現都會一一介紹給大家知道。

미쿠라고 불러 주세요

請叫我○○(自己的名字)!

Jibun no namae / tte yonde kudasai
(自分の名前)って呼んでください!

148

○○ rago bulleo juseyo
○○라고 불러 주세요!

提出要求時,動詞後面要加上「-아/어 주세요(-a/eo juseyo)」,意思是「請(做)~」。韓國的粉絲通常會對偶像毫不猶豫地提出甜蜜的請求,對方也會大方地回應。偶像對於這樣的舉動也非常習慣,只要是不過分的事情,他們都會樂意傾聽。大家不妨鼓起勇氣,向偶像提出要求!

CASE5 ／ 提出要求

149 我有件事想拜託 〇〇（對方的名字）……
〇〇（相手の名前）にお願いがあるんですけど…
OO aite no namae ni onegai ga aru n desu kedo
〇〇에게 부탁이 있는데...
OO ege butagi inneunde

150 （拿出應援板）請把這個念出來！
（ボードを見せて）これを読んでください！
Boodo wo misete　Kore wo yonde kudasai
이거 읽어 주세요!
Igeo ilgeo juseyo

151 （拿出應援板）請回答這個問題！
（ボードを見せて）この質問に答えてください！
Boodo wo misete　Kono shitsumon ni kotaete kudasai
이 질문에 대답해 주세요!
I jilmune daedapae juseyo

152 （拿出應援板）請擺出這個姿勢！
（ボードを見せて）このポーズをしてください！
Boodo wo misete　Kono poozu wo shite kudasai
이 포즈 해 주세요!
I pojeu hae juseyo

153 請唱生日快樂歌！
誕生日の歌を歌ってください！
Tanjoubi no uta wo utatte kudasai
생일 축하 노래 불러 주세요!
Saengil chuka norae bulleo juseyo

154 請對我說「生日快樂」。
「誕生日おめでとう」って言ってください。
"Tanjoubi omedetou" tte itte kudasai
"생일 축하해" 라고 말해 주세요.
"Saengil chukahae" rago malhae juseyo

155 請替我加油。
「頑張れ」って言ってください。
"Ganbare" tte itte kudasai
힘내라고 말해 주세요.
Himnaerago malhae juseyo

▶「請對我說『fighting』」是「파이팅 하라고 말해 주세요」（paiting harago malhae juseyo）。

156 請對我說「愛你」。
「愛してる」って言ってください。
"Aishiteru" tte itte kudasai
사랑한다고 말해 주세요.
Saranghandago malhae juseyo

CHAPTER 3　向本命傳達心意的句子

157

請唱《○○》（歌名）！
○○（曲名）を歌ってください！
OO kyokumei wo utatte kudasai
○○ 불러 주세요！
OO bulleo juseyo

158

可以稍微透露一下回歸的內容嗎？
カムバックのネタバレを少しだけしてください！
Kamubakku no netabare wo sukoshi dake shite kudasai
컴백 스포 조금만 해 주세요！
Keombaekseupo jogeumman hae juseyo

159

請告訴我一個與成員有關的趣事。
メンバーとのエピソードを一つだけ教えてください。
Menbaa to no episoodo wo hitotsu dake oshiete kudasai
멤버들과의 에피소드 하나만 가르쳐 주세요．
Membeodeulgwaui episodeu hanaman gareuchyeo juseyo

160

我喜歡你和○○之間的化學反應，所以請多公開一些自拍！
○○とのケミが好きなので、自撮りをもっとたくさん公開してください！
OO to no kemi ga suki na node, jidori wo motto takusan koukai shite kudasai
○○하고의 케미를 좋아하는데, 직찍 더 많이 공개해 주세요！
OO hagoui kemireul joahanuende, jikjjik deo mani gonggaehae juseyo

161

請撒嬌給我看！
愛嬌見せてください！
Aikyou misete kudasai
애교 보여 주세요！
Aegyo boyeo juseyo

▶「애교（aegyo）」在追星世界裡指的是偶像可愛的表情和姿勢，也就是「撒嬌」。

162

請給我看你最可愛的姿勢！
一番かわいいポーズを見せてください！
Ichiban kawaii poozu wo misete kudasai
제일 귀여운 포즈 보여 주세요！
Jeil gwiyeoun pojeu boyeo juseyo

▶可以將「귀여운（gwiyeoun，可愛的）」改為「섹시한（seksihan，性感的）或者是「웃긴（utgin，有趣的）」。

163

請給我一句讓人心動的話！
胸キュンする言葉を言ってください！
Mune kyun suru kotoba wo itte kudasai
심쿵할 말 해 주세요！
Simkunghal mal hae juseyo

▶「심쿵（simkung）」這個詞是「심장이 쿵쾅쿵쾅（simjangi kungkwang kungkwang）」的縮寫，意指「心臟砰砰跳」的創造詞。

164

請給我一些鼓勵的話！
応援メッセージを言ってください！
Ouen messeeji wo itte kudasai
응원의 말 해 주세요！
Eungwonui mal hae juseyo

CASE5 ／ 提出要求

165
請摸我的頭。
Atama wo nadete kudasai
頭をなでてください。
Meori sseudadeumeo juseyo
머리 쓰다듬어 주세요.

> 視訊通話會時通常會想要向對方說「請隔空摸我的頭」，即使不這麼說對方也會聽得懂。

166
請握住我的手。
Te wo tsunaide kudasai
手をつないでください。
Son jaba juseyo
손 잡아 주세요.

167
可以給我一個擁抱嗎？
Hagu shite moraemasen ka
ハグしてもらえませんか？
Ana jusil su isseoyo
안아 주실 수 있어요?

168
請給我一個 Morning Call。
Mooningukooru shite kudasai
モーニングコールしてください。
Moningkol hae juseyo
모닝콜 해 주세요.

169
請你暫時成為我的男朋友。
Ima dake kareshi ni natte kudasai
今だけ彼氏になってください。
Jamsi namja chinguga dwae juseyo
잠시 남자 친구가 돼 주세요.

170
請和我結婚！
Kekkon shite kudasai
結婚してください！
Gyeolhonhae juseyo
결혼해 주세요!

171
我希望你能記住我。
Watashi no koto wo oboete ite hoshii desu
私のことを覚えていてほしいです。
Jeol gieokae jwosseumyeon jokesseoyo
절 기억해 줬으면 좋겠어요.

172
要再來日本喔。
Nihon ni mata kite kudasai
日本にまた来てください。
Ilbone tto wa juseyo
일본에 또 와 주세요.

CHAPTER 3 向本命傳達心意的句子

CASE 6

慶祝

出道、獲獎、確定演出電影或電視劇⋯⋯本命的喜悅就是粉絲的喜悅。就讓我們竭盡全力為他們祝賀吧！

恭喜你出道！

デビュー、おめでとう！
(Debyuu, omedetou)

173

데뷔 축하해!
(Debwi chukahae)

「축하하다（chukahada）」是動詞，意思是「祝賀、慶祝」。變成「축하해（chukahae）」這個型態時意思是「恭喜」，若再進一步變化成「축하해요（chukahaeyo）」語氣就會變得較有禮貌，意思是「恭喜您」。網路上不少人會依照發音寫成「추카해（chukahae）」或「추카해요（chukahaeyo）」。

CASE6 ／ 慶祝

174
恭喜你奪冠！
1位、おめでとう！
Ichii, omedetou
1위 축하해!
Irwi chukahae

175
恭喜你達成目標！
目標達成、おめでとう！
Mokuhyou tassei, omedetou
목표 달성 축하해!
Mokpyo dalseong chukahae

176
恭喜你獲得新人獎！
新人賞受賞、おめでとう！
Shinjinshou jushou, omedetou
신인상 수상 축하해!
Sininsang susang chukahae

▶「大獎」是「대상（daesang）」，「年度歌手獎」是「올해의 가수상（olhaeui gasusang）」。

177
恭喜達成一億觀看次數！
1億回再生、おめでとう！
Ichioku kai saisei, omedetou
1억뷰 축하해!
Irokbyu chukahae

▶「播放〇〇次」是「〇〇뷰（byu）」。源自英文的「view」。

178
恭喜出道五週年！
デビュー5周年、おめでとう！
Debyuu go shuunen, omedetou
데뷔 5주년 축하해!
Debwi ojunyeon chukahae

179
恭喜你參加電影（戲劇）演出！
映画（ドラマ）への出演、おめでとう！
Eiga dorama e no shutsuen, omedetou
영화(드라마) 출연 축하해!
Yeonghwa deurama churyeon chukahae

180
生日快樂！
誕生日おめでとう！
Tanjoubi omedetou
생일 축하해!
Saengil chukahae

▶「Happy Birthday」是「해피 버스데이（haepi beoseudei）」。

181
恭喜你高中畢業！
高校卒業、おめでとう！
Koukou sotsugyou, omedetou
고등학교 졸업 축하해!
Godeunghakgyo joreop chukahae

▶「大學」是「대학교（daehakgyo）」，「高中」是「고등학교（godeunghakgyo）」，「國中」是「중학교（junghakgyo）」。

CHAPTER 3 向本命傳達心意的句子

87

CASE 7

鼓勵

當本命在迎接挑戰時,我們這些身為後盾的粉絲能做的,就是給予溫暖的支持。

一定會沒問題的。

きっと大丈夫。
Kitto daijoubu

182

괜찮을 거야.
Gwaenchaneu geoya

「괜찮다(gwaenchanta)」是形容詞,意思是「沒問題的、不用擔心的」。只要善用詞尾的變化,就可以演變出「괜찮아(gwaenchana,沒問題)」、「괜찮아요(gwaenchanayo,您放心)」之類的鼓勵話語。「거야(geoya)」用於推測不確定的未來,可以翻譯成「~吧」。

CASE7 ／ 鼓勵

我們是你的後盾！
私たちがそばにいるよ。
Watashitachi ga soba ni iru yo
우리들이 옆에 있을게.
Urideuri   yeope   isseulge

▶ 除了「옆에(yeope)」，意指「在身旁」的字還有「곁에(gyeote)」，經常出現在歌詞裡的是後者的「곁에」。

別自責。
自分を責めないでね。
Jibun wo semenaide ne
자책하지 마.
Jachaekaji   ma

不要一個人承受痛苦／別一個人悶在心裡。
1人で苦しまないでね。
Hitori de kurushimanaide ne
혼자 힘들어하지 마.
Honja   himdeureohaji   ma

▶ 「痛苦、難過、辛苦」都可以用「힘들다（himdeulda）」來表達。

試著依靠其他成員看看。
メンバーを頼ってね。
Menbaa wo tayotte ne
멤버들에게 의지해 봐.
Membeodeurege   uijihae   bwa

我們這些粉絲會永遠支持你的。
ファンはいつもあなたの味方だよ。
Fan wa itsumo anata no mikata da yo
팬은 언제나 네 편이야.
Paeneun   eonjena   ne   pyeoniya

▶ 「你」原本是「네（ne）」，但是很多人會說或寫成「니（ni）」。

我們會守住你的位子。
私たちがあなたの居場所を守るよ。
Watashitachi ga anata no ibasho wo mamoru yo
우리들이 너의 자리를 지킬게.
Urideuri   neoui   jarireul   jikilge

我會一直等下去的。
いつまでも待ち続けるよ。
Itsu made mo machitsuzukeru yo
언제까지나 계속 기다릴 거야.
Eonjekkajina   gyesok   gidaril   geoya

我會永遠為你的幸福祈禱。
いつもあなたの幸せを願っているよ。
Itsumo anata no shiawase wo negatte iru yo
언제나 너의 행복을 빌고 있어.
Eonjena   neoui   haengbogeul   bilgo   isseo

CHAPTER 3 　向本命傳達心意的句子

CASE 8

感謝

幸好有本命，讓我的人生變得更有趣！很高興能與他活在同一個時代裡！就讓我們透過言語，傳遞滿溢於心的感謝之情吧。

謝謝你來到這個世界。

Umarete kite kurete arigatou
生まれてきてくれてありがとう。

191

Taeeona　　　　　jwoseo　　　　gomawo
태어나 줘서 고마워.

基本的感謝表達方式有兩種，分別是「감사합니다（gamsahamnida）」和「고마워요（gomawoyo）」。「감사합니다」直譯是「感謝」，常用於正式場合；而 「고마워요」則是用於熟人或一般場合，如果改成「고마워（gomawo）」，那麼語氣會更隨和。想要對偶像表達親切之意時，後者會比較合適。

CASE8 ／ 感謝

能夠與你生活在同一個時代是我的幸福。
Onaji jidai wo ikiru koto ga dekite shiawase desu
同じ時代を生きることができて幸せです。
Dongsidaereul saragal su isseoseo haengbokaeyo
동시대를 살아갈 수 있어서 행복해요.

多虧了 OO（對方的名字），讓我成為了世界上最幸福的偶像迷。
OO aite no namae no okage de sekaiichi shiawase na otaku desu
○○（相手の名前）のおかげで世界一幸せなオタクです。
OO deokbune sesangeseo jeil haengbokan deokhuyeyo
○○ 덕분에 세상에서 제일 행복한 덕후예요.

▶ 關於「덕（deok，御宅族）」，詳見 p.14 的說明。

謝謝你出道。
Debyuu shite kurete arigatou
デビューしてくれてありがとう。
Debwihae jwoseo gomawo
데뷔해 줘서 고마워.

謝謝你克服了艱難的時期。
Kurushii jiki wo norikoete kurete arigatou
苦しい時期を乗り越えてくれてありがとう。
Himdeun sigireul igyeonae jwoseo gomawo
힘든 시기를 이겨내 줘서 고마워.

謝謝你們帶來最棒的舞台！／謝謝你們帶來精彩的表演！
Saikou no suteeji wo arigatou
最高のステージをありがとう！
Choegoui mudae gomawo
최고의 무대 고마워!

（在視訊通話中）謝謝你帶給我快樂的時光♡
Yonton de Shiawase na jikan wo arigatou
（ヨントンで）幸せな時間をありがとう♡
Haengbokan siganeul mandeureo jwoseo gomawo
행복한 시간을 만들어 줘서 고마워♡

▶ 「快樂的時光」是「행복한 시간（haengbokan sigan）」，「難忘的時光」是「잊지 못할 시간（itji motal sigan）」。

謝謝你上傳照片～！
Shashin appu arigatou
写真アップありがと～！
Sajin ollyeo jwoseo gomawo
사진 올려 줘서 고마워~!

謝謝你來日本。
Nihon ni kite kurete arigatou
日本に来てくれてありがとう。
Ilbone wa jwoseo gomawo
일본에 와 줘서 고마워.

CHAPTER 3 向本命傳達心意的句子

CASE 9

應援與關心健康

希望本命能多吃一些好吃的飯菜，在溫暖的被窩裡好好休息，是所有偶像迷的真誠願望。

讓我們只走花路吧。
花道だけを歩こうね。
Hanamichi dake wo arukou ne

꽃길만 걷자.
Kkotgilman geotja

直譯就是「讓我們走在充滿花的道路上吧」。偶像在經過嚴苛的練習生時期和激烈的試鏡後成功出道之際，或者在面對毫無根據的醜聞及酸民攻擊時，粉絲們常常會用 「希望以後的人生只有好事發生」 這樣的心聲來為他們祈願。

CASE9 ／ 應援與關心健康

201
最近有好好休息嗎？
Saikin chanto yasumete imasu ka
最近ちゃんと休めていますか？
Yojeum jal swigo isseoyo
요즘 잘 쉬고 있어요？

202
要多吃一些好吃的東西喔。
Oishii gohan wo takusan tabete ne
おいしいご飯をたくさん食べてね。
Masinneun geo mani meogeoyo
맛있는 거 많이 먹어요．

▶ 也可以將「먹어요（meogeoyo）」換成「請好好享用」的「드세요（deuseyo）」。

203
要注意保暖，睡個好覺。
Atatakaku shite yukkuri nete ne
暖かくしてゆっくり寝てね。
Ttatteutage hago puk jal ja
따뜻하게 하고 푹 잘 자．

▶ 這是一個充滿愛意的「晚安」訊息。不管是對偶像還是朋友都適用。

204
祝你有個好夢。
Ii yume mite ne
いい夢見てね。
Joeun kkum kkwo
좋은 꿈 꿔．

205
巡迴演出期間可別受傷喔。
Tsuaa chuu wa kega ni ki wo tsukete ne
ツアー中はケガに気をつけてね。
Tueo junge busang josimhaeyo
투어 중에 부상 조심해요．

206
我知道你很忙，但還是要注意身體喔。
Isogashii to omou kedo, taichou ni ki wo tsukete ne
忙しいと思うけど、体調に気をつけてね。
Bappeugetjiman momjosimhaeyo
바쁘겠지만 몸조심해요．

207
不要勉強。
Muri shinaide ne
無理しないでね。
Murihaji ma
무리하지 마．

208
我會永遠為你應援。／我會永遠支持你。
Zutto ouen shite imasu
ずっと応援しています。
Eonjena eungwonhago isseoyo
언제나 응원하고 있어요．

CHAPTER 3 向本命傳達心意的句子

93

粉絲信的寫法 ①

偶像・藝人篇

❶ 親愛的○○

❷ 你好。這是我第一次提筆寫信給你。

❸ 我是來自日本的粉絲，叫▲▲。

❹ 自2013年出道以來，我就一直為○○應援。

❺ 每當我難過的時候，只要聽到○○的歌聲，整

個人就會振作起來。

❻ 因為有○○擔任隊長，帶領整個團隊，

❼ 每次回歸時，我都會覺得你們的表演水準又提

升了。

寫下本命讓人喜歡的契機及表演的魅力吧,也要記得關心對方的身體狀況。

❽ 而我最喜歡的,就是比誰都努力,總是讓粉絲

笑容滿面的○○。

❾ 我知道你們最近為了宣傳新歌而忙碌不已,

❿ 但還是要好好保重身體。

⓫ 期待你們下次在日本舉行的演唱會。

⓬　　　　　　　　　　　　　　　▲▲上

COLUMN

❶ 愛する○○へ
　　Aisuru　○○　e

❷ こんにちは。初めて手紙を書きます。
　　Konnichiwa　　Hajimete tegami wo kakimasu

❸ 私は日本のファンの▲▲といいます。
　　Watashi wa Nihon no fan no　▲▲　to iimasu

❹ 2013年のデビューのときから、
　　Ni-sen juu-san-nen no debyu no toki kara

　○○を応援しています。
　　○○ wo ouen shite imasu

❺ つらいことがあったとき、
　　Tsurai koto ga atta toki

　○○の歌声を聞くと元気が出ます。
　　○○ no utagoe wo kiku to genki ga demasu

❻ ○○がリーダーとしてグループを引っ張って
　　○○ ga riidaa toshite guruupu wo hippatte

　いるおかげで、
　　iru okage de

① 偶像・藝人篇

❼ カムバックのたびにパフォーマンスのレベル
kamubakku no tabi ni pafoomansu no reberu

が上がっていると感じます。
ga agatte iru to kanjimasu

❽ 誰よりも努力をし、いつもファンを笑顔にして
Dare yori mo doryoku wo shi, itsumo fan wo egao ni shite

くれる○○が大好きです。
kureru OO ga daisuki desu

❾ 新曲のプロモーションで忙しいと思いますが、
Shinkyoku no puromooshon de isogashii to omoimasu ga

❿ どうか体に気をつけてくださいね。
dooka karada ni ki wo tsukete kudasai ne

⓫ 日本でのコンサートを楽しみにしています。
Nihon de no konsaato wo tanoshimi ni shite imasu

⓬ ▲▲より
yori

COLUMN

❶ _{Saranghaneun OO ege}
사랑하는 ○○에게

❷ _{Annyeonghaseyo cheoeumeuro pyeonjireul sseoyo}
안녕하세요? 처음으로 편지를 써요.

❸ _{Jeoneun Ilbonpaen ▲▲ rago / irago haeyo}
저는 일본팬 ▲▲라고 / 이라고 해요.

❹ _{I-cheon-sip-sam nyeone debwihaesseul ttaebuteo OO reul / eul}
2013년에 데뷔했을 때부터 ○○를 / 을

_{eungwonhago iseoyo}
응원하고 있어요.

❺ _{Himdeun iri isseul ttae OO ui noraereul deureumyeon himi}
힘든 일이 있을 때, ○○의 노래를 들으면 힘이

_{nayo}
나요.

❻ _{OO ga / i rideoroseo geurubeul ikkeureo juneun deokbune}
○○가 / 이 리더로서 그룹을 이끌어 주는 덕분에

❼ _{keombaek ttaemada peopomeonseuui reberi ollaganeun geol}
컴백 때마다 퍼포먼스의 레벨이 올라가는 걸

① 偶像・藝人篇

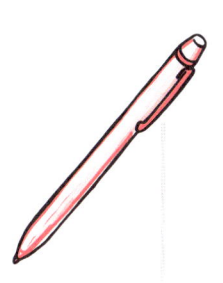

_{neukkyeoyo}
느껴요.

⑧ _{Nugubodado   noryeogeul   hago   eonjena   paeneul   utge   hae}
　누구보다도 노력을 하고 언제나 팬을 웃게 해

　_{juneun   ○○   ga / i   neomu   joayo}
　주는 ○○가 / 이 너무 좋아요.

⑨ _{Singok   peuromosyeoneuro   bappeugetjiman}
　신곡 프로모션으로 바쁘겠지만

⑩ _{mom   geonganghage   jinaeseyo}
　몸 건강하게 지내세요.

⑪ _{Ilbon   konseoteu   gidaehago   isseulgeyo}
　일본 콘서트 기대하고 있을게요.

⑫　　　　　　　　　　　▲▲ _{ga / i}가 / 이

ATTENTION

韓語的助詞會根據前一個音節結尾的是母音（沒有收尾音）還是子音（有收尾音）而有所改變。例如「라고（rago）／이라고（irago）」（表示引用的助詞）、「를（reul）／을（eul）」（接在受詞後面的助詞）、「가（ga）／이（i）」（接在主詞後面的助詞）等等。因此選擇助詞時，必須考慮到自己或對方名字的尾音。

COLUMN

粉絲信的寫法 ②

演員篇

❶ 致我們的○○

❷ 你好。我是來自日本的粉絲,叫▲▲。

❸ 看完電視劇《他與她的故事》之後,我就成為○○的粉絲了。

❹ 自此之後只要有○○演出的作品,我每一部都不會錯過。

❺ 從喜劇到嚴肅的題材,

❻ 你的演技都能詮釋多樣的角色,真的很了不起。

❼ 在《追夢橋》這齣電視劇中,主角努力奮鬥的模樣

可以在信中寫下電影或電視劇的觀後感。告訴對方哪個場景或哪段台詞讓人十分感動。

給了我勇氣。

❽ 尤其是「只要努力，夢想就能實現」這句台詞更是讓我感動不已。

❾ 我也非常期待新的電影上映。

❿ 但是在拍攝動作場景時，千萬不要受傷。

⓫ 我會永遠支持你的。

⓬ ▲▲上

❶ 私たちの〇〇へ

❷ こんにちは。私は日本のファンの▲▲といいます。

❸ ドラマ「彼と彼女の物語」を見て、

〇〇のファンになりました。

❹ それ以来、

〇〇が出演する作品を欠かさず観ています。

❺ コメディからシリアスな作品まで、

❻ 多彩な役柄を演じ分ける演技力が

すばらしいです。

❼ ドラマ「夢にかける橋」では、主人公が努力する

② 演員篇

sugata ni yuuki wo moraimashita
姿に勇気をもらいました。

❽ "doryoku sureba yume wa kanau" to iu serifu ni
特に「努力すれば夢は叶う」というセリフに

kandoo shimashita
感動しました。

❾ Atarashii eiga no kookai mo tanoshimi desu
新しい映画の公開も楽しみです。

❿ Akushon shiin no satsuei de wa
アクションシーンの撮影では、

kega no nai yoo ni shite kudasai ne
けがのないようにしてくださいね。

⓫ Korekara mo ooen shite imasu
これからも応援しています。

⓬　　　　　　　　　　　　▲▲ yori
　　　　　　　　　　　　▲▲より

❶ 우리 ○○에게
   Uri OO ege

❷ 안녕하세요? 저는 일본팬 ▲▲라고 / 이라고
   Annyeonghaseyo jeoneun Ilbonpaen ▲▲ rago / irago

해요.
haeyo

❸ 드라마 '그와 그녀의 이야기'를 보고 ○○의 팬이
   Deurama geuwa geunyeoui iyagi reul bogo OO ui paeni

되었어요.
doeeosseoyo

❹ 그 이후 ○○가 / 이 출연하는 작품을 빼놓지 않고
   Geu ihu OO ga / i churyeonhaneun jakpumeul ppaenotji anko

보고 있어요.
bogo isseoyo

❺ 코미디부터 무거운 내용의 작품까지
   Komidibuteo mugeoun naeyongui jakpumkkaji

❻ 다양한 배역을 소화해 내는 연기력이 정말
   dayanghan baeyeogeul sohwahae naeneun yeongiryeogi jeongmal

대단해요.
daedanhaeyo

104

② 演員篇

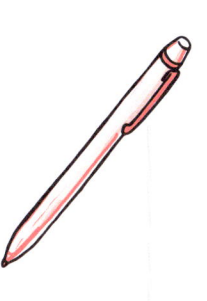

❼ 드라마 '꿈에 놓은 다리'에서는 주인공이
　　Deurama　kkume　noeun　dari　eseoneun　juingongi

　노력하는 모습에 용기를 얻었어요.
　noryeokaneun　moseube　yonggireul　eodeosseoyo

❽ 특히 '노력하면 꿈은 이루어진다'라는 대사에
　　Teuki　noryeokamyeon kkumeun　irueojinda　raneun　daesae

　감동했어요.
　gamdonghaesseoyo

❾ 새 영화 개봉도 기대돼요.
　　Sae yeonghwa gaebongdo　gidaedwaeyo

❿ 액션신 촬영할 때 다치지 않게 조심하세요.
　　Aeksyeonsin chwaryeonghalttae　dachiji　anke　josimhaseyo

⓫ 계속 응원할게요.
　　Gyesok　eungwonhalgeyo

⓬ ▲▲ 가 / 이
　　▲▲ ga / i

ATTENTION

韓語的助詞會根據前一個音節結尾的是母音（沒有收尾音）還是子音（有收尾音）而有所改變。例如「라고（rago）／이라고（irago）」（表示引用的助詞）、「를（reul）／을（eul）」（接在受詞後面的助詞）、「가（ga）／이（i）」（接在主詞後面的助詞）等等。因此選擇助詞時，必須考慮到自己或對方名字的尾音。

在演唱會能派上用場的加油口號

用對方熟悉的語言來主持或打招呼往往會令人倍感親切。同理,願意學習對方所說的語言本身就足以傳達愛意。既然如此,讓我們試著對本命說韓語吧!

gwiyeowo 귀여워!	好可愛喔!
meosisseo 멋있어!	好酷喔!
saranghae 사랑해!	我愛你!
yeogi bwa jwo 여기 봐 줘!	看我、看我!
son heundeureo jwo 손 흔들어 줘!	跟我揮揮手!
son hateu hae jwo 손 하트 해 줘!	比個手指愛心!(食指與拇指交叉的手勢)
bol hateu hae jwo 볼 하트 해 줘!	比個臉頰愛心!(雙手手指彎曲放在臉頰兩側的姿勢)
banjjok hateu hae jwo 반쪽 하트 해 줘!	給我半顆心! (單手手指彎曲靠在其中一側臉頰旁的姿勢)
wingkeuhae jwo 윙크해 줘!	對我眨眼!
gaji ma 가지 마!	不要走!

CHAPTER

4

與宅友交流時
能派上用場的句子

CASE 1

分享推及本命的魅力

有時我們會因為太過崇拜本命而說不出話，但還是要竭盡所能把學到的字彙全部都挖出來，與同而為粉的大家暢談本命的魅力。

語彙能力已到極限。

Goiryoku no genkai
語彙力の限界。

Eohwiryeogui   hangye
어휘력의 한계.

即使是韓國的偶像迷，遇到充滿魅力的本命時腦子一樣會一片空白。「語彙能力」的韓語是「어휘력（eohwiryeok）」，通常與「한계（hangye，極限）、「부족（bujok，不足）」及「상실（sangsil，喪失）」這幾個字一起使用。

CASE1 ／ 分享推及本命的魅力

210
偶像中的偶像！
アイドルの中のアイドル！
아이돌 중의 아이돌!

211
粉絲服務（飯撒）之神。
ファンサの神。
팬 서비스 갑.

> 在韓國，「神」原本稱為「신（sin）」，但有位棒球迷誤以為是「申」，之後又眼花看成「甲」，也就是「갑（gap）」，結果大家將錯就錯，就這樣流傳開來。

212
專業意識很強。
プロ意識が高い。
프로 의식이 뛰어나다.

213
總是很有禮貌。
いつでも礼儀正しい。
언제나 예의 바르다.

> 「有禮貌」是「매너가 좋다（maeneoga jota）」。「紳士」是「매너남（maeneonam）」。

214
壓倒性的魅力。
圧倒的カリスマ。
압도적 카리스마.

215
一上舞台，宛如他人。
ステージに上がると人格変わる。
무대에 오르면 딴사람이 된다.

> 「무대（mudae）」的漢字是「舞台」。

216
舞台職人。
ステージ職人。
무대 장인.

> 「장인（jangin）」的漢字是「匠人」。想要稱讚某人在某方面相當出色時，通常會用「OO 장인」，也就是「OO 職人」來形容。

217
音源強者。
音源強者。
음원 강자.

> 在韓國通常會這麼稱呼於音源排行榜上蟬聯多次第一名的藝人。

CHAPTER 4　與宅友交流時能派上用場的句子

218
等等，我快不行了。／啊啊～我直接陣亡。
待って無理しんどい。
Matte muri shindoi
나 죽어.
Na jugeo

> 直譯是「我快死了」。這句話在韓國經常用於「等等，我受不了了」之類的情境或語氣中。

219
腦袋卡住了。
思考停止。
Shikou teishi
사고 정지.
Sago jeongji

> 「사고 회로 정지（sago hoero jeongji，腦袋短路了）」與「뇌정지（noejeongji，大腦當機）」等說法也相當普遍。

220
可愛值爆表。／太可愛了，簡直犯規。
狂おしいほどのかわいさ。
Kuruoshii hodo no kawaisa
미친 귀여움.
Michin gwiyeoum

> 「미친（michin）」在韓語中意指「瘋狂的」，而「미친 미모（michin mimo）」則用來形容「美到讓人瘋狂」，可以當作讚美的詞彙來使用。

221
可愛到讓人心醉神迷。／太萌了吧！我直接暈倒！
かわいすぎて倒れる。
Kawai sugite taoreru
넘 귀여워서 졸도.
Neom gwiyeowoseo joldo

> 「졸도（joldo）」直譯是「昏倒」。意指「昏厥」的「기절（gijeol）」也常聽到。

222
完全被戳中了心。
心臓を射抜かれた。
Shinzou wo inukareta
심장 관통당했다.
Simjang gwantongdanghaetda

223
真是惹人愛啊。
愛おしい。
Itooshii
사랑스러워.
Sarangseureowo

224
這是什麼可愛的生物啦！
何だ、このかわいい生きものは!!!
Nanda, kono kawaii ikimono wa
뭐야, 이 귀여운 생물은!!!
Mwoya, i gwiyeoun saengmureun

225
他天生就是當明星的料。
アイドルになるために生まれてきた天使。
Aidoru ni naru tame ni umarete kita tenshi
아이돌이 되려고 태어난 천사.
Aidori doeryeogo taeeonan cheonsa

CASE1 ／ 分享推及本命的魅力

226
老么潛力爆發！／忙內放大絕了！
Suekko no potensharu ga sugoi
末っ子のポテンシャルがすごい！
Mangnae poten teojinda
막내 포텐 터진다！

▶ 在韓國，意指「潛力」的「포텐셜（potensyeol）」通常會縮寫成「포텐（poten）」。

227
簡直是神級寶寶…♡
Tada tada tensai akachan
ただただ天才赤ちゃん…♡
Geujeo gatgi
그저 갓기 …♡

▶ 「갓기（gatgi）」是將英文意指「神」的「god（갓）」，與韓語中意為「嬰兒」的「아기（agi）」結合而成的詞，表示「小小的天才」。

228
整個人都是滿滿的撒嬌感。／這撒嬌值直接爆棚。
Aikyou arisugi
愛嬌ありすぎ。
Aegyoga heulleoneomchinda
애교가 흘러넘친다.

▶ 原形是「흘러넘치다（heulleoneomchida）」，意指「溢出、流出」。

229
看起來像小嬰兒。／根本就是吃了防腐劑嘛！
Akachan mitai
赤ちゃんみたい。
Agi gatda
아기 같다.

▶ 「嬰兒」的標準語是「아기（agi）」，不過方言的「애기（aegi）」反而較常聽到。

230
我只想自己知道。／只想把這份美好藏在心裡。
Watashi dake shitte itai
私だけ知っていたい。
Naman algo sipda
나만 알고 싶다.

▶ 不希望本命太有名，只想自己知道他的魅力的意思。

231
我想守護你。／好想放在手心裡呵護。
Mamotte agetai
守ってあげたい。
Jikyeo jugo sipda
지켜 주고 싶다.

232
我想照顧你一輩子。
Isshou yashinaitai
一生養いたい。
Pyeongsaeng dwitbarajihago sipda
평생 뒷바라지하고 싶다.

▶ 「뒷바라지（dwitbaraji）」的意思是「照顧、照料」。

233
我今天也要為本命努力工作。
Kyou mo oshi no tame ni hataraku
今日も推しのために働く。
Oneuldo choeaereul wihae ilhanda
오늘도 최애를 위해 일한다.

CHAPTER 4 與宅友交流時能派上用場的句子

234
顏值天才。
Kao no tensai
顔の天才。
Eolgul cheonjae
얼굴 천재.

▶ 也可以將意指臉蛋的「얼굴（eolgul）」換成「표정（pyojeong，表情）」、「무대（mudae，舞台）」，或「애드립（aedeurip，即興發揮）」。

235
我的視覺系糧食。
Me no hoyou
目の保養。
Nun hogang
눈 호강.

▶ 「호강（hogang）」的原意是「過著奢侈的生活」。如果在前面加上「눈（nun，眼睛）」或「귀（gwi，耳朵）」，就會引申為「保養」。

236
簡直就是雕像。
Mohaya choukoku
もはや彫刻。
Jogaksang geu jache
조각상 그 자체.

▶ 直譯是「雕像本身」。意指「本身」的「자체（jache）」發音與韓國料理中的雜菜「잡채（japchae）」發音相似，因此有時會互相替代。

237
視覺大咖。
Bijuaru yakuza
ビジュアルヤクザ。
Bijueol kkangpae
비주얼 깡패.

▶ 「깡패（kkangpae）」原本是指「流氓」，但在前面加上名詞之後就會變成讚美的話語，意指某方面很傑出。還有「음색깡패（eumsaekkkangpae，音色殺手）」之類的說法。

238
完全被這份美豔給迷住。
Youen na utsukushisa ni miryou sareteru
妖艶な美しさに魅了されてる。
Yoyeomhan areumdaume maeryodoenda
요염한 아름다움에 매료된다.

239
這完全是女神等級嘛！
Megami jan
女神じゃん。
Yeosin aniya
여신 아니야？

240
花美男。
Hana no you na ikemen
花のようなイケメン。
Kkonminam
꽃미남.

▶ 「미남（minam）」的意思是「美男」。冠上「꽃（kkot，花）」這個字，意思就是「如花般的美男子」。「冷酷型帥哥」或「冷美男」的話是「냉미남（naengminam）」。

241
全部成員都是顏值擔當（門面擔當）！
Zen'in biju tanto
全員ビジュ担当！
Jeonwon bijueol damdang
전원 비주얼 담당！

CASE1 ／ 分享推及本命的魅力

242
這張直接男友感拉滿！
Kore, maji de kareshi kan tsuyome no shashin
これ、マジで彼氏感強めの写真！
Igeo wanjeon namchinjjal
이거 완전 남친짤！

▶「남친짤（namchinjjal）」是「有男朋友感覺的照片」，「여친짤（yeochinjjal）」是「有女朋友感覺的照片」。

243
我喜歡那樣的你！
Souiu toko suki da zo
そういうとこ好きだぞ！
Geureon neoreul joahae
그런 너를 좋아해！

244
真愛讓人痛苦。
Riako sugite tsurai
リアコすぎてつらい。
Jjin sarangira goeropda
찐 사랑이라 괴롭다．

▶「찐（jjin）」是從「진짜（jinjja）」演變而來的新詞，通常冠在名詞前，意指「真實的」或「真正的」。

245
好想結婚喔。
Kekkon shitai
結婚したい。
Gyeolhonhago sipda
결혼하고 싶다．

246
先拿號碼牌再去排隊吧。
Seiriken moratte retsu ni narande kudasai
整理券もらって列に並んでください。
Beonhopyo ppopgo jul seoseyo
번호표 뽑고 줄 서세요．

▶韓國粉絲常會說「想和本命結婚」。對於這樣的人，大家通常會開玩笑地叫他們去排隊等結婚。只說「줄 서세요（jul seoseyo，排隊）」這個詞也可以。

247
被萌到升天，此生已無憾。
Suki sugite shinu… Ii jinsei datta
好きすぎて死ぬ… いい人生だった…
Ssipdeoksa… joeun insaengieotda
씹덕사... 좋은 인생이었다...

▶「씹덕사（ssipdeoksa）」是網路用語，用來形容喜歡某人或某事喜歡到快要死掉的狀態。

248
成員之間感情融洽，心都要融化了。
Menbaa doushi naka yokute hohoemashii
メンバー同士仲良くて微笑ましい。
Membeodeul saiga joaseo hunhunhada
멤버들 사이가 좋아서 훈훈하다．

▶「훈훈하다（hunhunhada）」的意思是「令人窩心」。

249
這人絕對是搞笑擔當！
Machigainaku owarai kyara
間違いなくお笑いキャラ！
Hwaksinui gaegeukae
확신의 개그캐！

▶「확신의（hwaksinui，確信）」是韓國年輕人經常使用的表達方式。「개그캐（gaegeukae）」是指「搞笑角色」的意思。也可以用「웃수저（utsujeo）」來形容那些天生具有逗人發笑能力的人。

CHAPTER 4 與宅友交流時能派上用場的句子

113

CASE 2

分享作品的感想

無論是 MV、電視劇還是電影,只要是讓人感動的作品,就值得我們傾注最大的愛意與感謝。

新歌太棒了!

Shinkyoku ga saikou
新曲が最高!

250

Singok choego
신곡 최고!

「최고(choego)」寫成漢字是「最高」,通常帶有「太厲害了,不得了!」之類的語氣,可以用在稱讚的時候。韓國的年輕人經常使用「짱(jjang,最棒的、頂級的)」、「쩔어(jjeoreo,厲害、太狂了)」、「찐다(jjinda,有共鳴)」之類的稱讚語,要牢記在心喔。

CASE2 ／ 分享作品的感想

251
光是預告片就已經贏了。
Tiizaa dake de yuushou shiteru
ティーザーだけで優勝してる。
Tijeobuteo kkeunnatda
티저부터 끝났다.

▶ 「끝났다（kkeunnatda）」的字面意思是「結束了」，可用來表示無與倫比的完美。

252
這一定會大受歡迎的。
Dai hitto kakujitsu
大ヒット確実。
Daebak hwaksil
대박 확실.

▶ 「대박（daebak）」的意思是「大受歡迎」，通常會當作形容詞來使用，意指「厲害的、很棒的」。

253
這副歌真的超級洗腦！
Sabi no chuudokusei ga hanpa nai
サビの中毒性が半端ない。
Huryeom jungdokseong jangnan anida
후렴 중독성 장난 아니다.

▶ 「후렴（huryeom）」是「副歌」，「중독성（jungdokseong）」是「上癮」。「장난 아니다（jangnan anida）」的意思是「不是開玩笑，很厲害」。

254
這歌太神，害我無限循環！
Kamikyoku na node mugen ripiito shiteru
神曲なので無限リピートしてる。
Gatgogiraseo muhan jaesaeng jung
갓곡이라서 무한 재생 중.

▶ 「갓곡（gatgok）」的意思是「神曲」。「갓（gat）」是英語「god」的韓語音譯，意思是「神」。

255
經典中的經典。
Meikyoku chuu no meikyoku
名曲中の名曲。
Ttinggok obeu ttinggok
띵곡 오브 띵곡.

▶ 「名曲」的韓文「명곡（myeonggok）」第一個字「명（myeong）」與「띵（tting）」的形狀相似，因此年輕人之間也開始使用「띵곡（ttinggok）」這個創造詞來指稱。

256
這聲音直接讓人耳朵懷孕！
Koe ni yoishireta
声に酔いしれた。
Moksorie chwihaesseoyo
목소리에 취했어요.

257
歌詞讓我非常感動。
Kashi ni kandou shita
歌詞に感動した。
Gasae gamdonghaetda
가사에 감동했다.

▶ 「감동했다（gamdonghaetda）」的意思是「被感動了」。

258
這舞蹈動作帥到炸！
Furitsuke ga kakkoii
振付がかっこいい！
Anmu meositda
안무 멋있다！

CHAPTER 4 與宅友交流時能派上用場的句子

115

259
MV的感性氛圍真的超棒。
Emubui ga emoi
MVがエモい。
Myubi gamseong teojinda
뮤비 감성 터진다.

▶「감성 터진다（gamseong teojinda）」的字面意思是「感性爆發」，用於情感氾濫的時候。

260
瘋狂截圖。
Sukusho ga tomaranai
スクショが止まらない。
Michin deusi kaepchyeo
미친 듯이 캡쳐.

▶ 當全心投入某事時，可以用「미친 듯이（michin deusi）」這句話來形容，意思是「像瘋了一樣」。

261
我喜歡服裝、布景和攝影手法！
Ishou mo setto mo kameraa waku mo suki
衣装もセットもカメラワークも好き！
Uisangdo seteudo kamera wokeudo da joa
의상도 세트도 카메라 워크도 다 좋아!

262
舞技爆發性進步，讓我感動到哭。
Dansu no seichou yaba sugite naku
ダンスの成長やばすぎて泣く。
Chumsillyeok neomu neureoseo nunmul nanda
춤 실력 너무 늘어서 눈물 난다.

263
這刀群舞也太整齊了吧！
Kirekire no dansu ga sorotteru
キレッキレのダンスが揃ってる。
Kalgunmuga ttakttak matda
칼군무가 딱딱 맞다.

264
練習的付出可以感覺得出來。
Renshuuryou ga tsutawaru
練習量が伝わる。
Yeonseumnyangi neukkyeojinda
연습량이 느껴진다.

265
一旦掉進坑裡，脫身恐怕不易。
Ichido numa ni ochitara nukedasenai
一度沼に落ちたら抜け出せない。
Hanbeon ppajimyeon heeonaol su eopji
한번 빠지면 헤어나올 수 없지.

266
小心，心臟受不了！
Shinzou ga tomaru node chuui
心臓が止まるので注意！
Simmeotjuui
심멎주의!

▶「심장이 멎는 것에 주의（simjangi meonneun geose juui）」的縮寫。粉絲有時會用這樣的方式來形容本命帥到極致的影片或照片。

CASE2 ／ 分享作品的感想

267
15週年紀念回歸讓人熱血沸騰。
Juugo shuunen kinen kamuba wa mune atsu sugiru
15周年記念カムバは胸アツすぎる。
Sip-gunyeon ginyeom keombaegirani gaseumi ungjanghaejinda
15주년 기념 컴백이라니 가슴이 웅장해진다.

「가슴이 웅장해진다（gaseumi ungjanghaejinda）」的意思是「心中充滿勇氣」。可用來描述心跳加速的感受。

268
偶像界的神話。
Densetsuteki na aidoru datta
伝説的なアイドルだった。
Rejeondeu aidorieosseo
레전드 아이돌이었어.

「傳說中的」直譯成韓語是「전설적인（jeonseoljeogin）」，不過最近較常使用英語「legend」的韓語音譯，也就是「레전드（rejeondeu）」。

269
我們的青春。
Watashitachi no seishun
私たちの青春。
Urideurui cheongchun
우리들의 청춘.

270
今年是新人偶像團體豐收的一年。
Kotoshi no shinjin aidoru guruupu wa housaku da
今年の新人アイドルグループは豊作だ。
Olhaeneun sinin aidol geurubi pungnyeonida
올해는 신인 아이돌 그룹이 풍년이다.

「新進女團」是「신인 여돌（sinin yeodol）」，「新進男團」是「신인 남돌（sinin namdol）」。

271
時隔多年再相見，看著他們在舞台上同框，內心澎湃不已。
Hisabisa no saikai de onaji suteeji ni tatte iru no wa emoi
久々の再会で同じステージに立っているのはエモい。
Oraenmane manna gateun mudaee seon geol boni beokchaoreunda
오랜만에 만나 같은 무대에 선 걸 보니 벅차오른다.

原形動詞「벅차오르다（beokchaoreuda）」意指激動不已、情緒高漲。

272
這是一場頂級水準的合作。
Gouka na korabo datta
豪華なコラボだった。
Teukgeup kollaboyeotda
특급 콜라보였다.

「특급（teukgeup）」的漢字是「特級」。意思是「豪華」或「特別」。

273
這個組合根本就是為我量身打造的！
Kono kumiawase wa watashi toku de shika nai
この組み合わせは私得でしかない！
I johabeun nal wihan geoya
이 조합은 날 위한 거야！

274
制服風的穿搭真可愛！
Seifuku fuu no koode ga kawaii
制服風のコーデがかわいい！
Gyobok seutail kodi gwiyeopda
교복 스타일 코디 귀엽다！

CHAPTER 4 與宅友交流時能派上用場的句子

117

275　這齣戲是我追劇人生的天花板。
　　　　　Jinsei saikou no dorama datta
　　人生最高のドラマだった。
　　　Insaeng　deuramayeotda
　　인생 드라마였다.

▶「인생（insaeng）」的意思是「人生」。採用「人生〇〇」的句型時，可以用來表示「人生中最棒的〇〇」。例如「人生最棒的電影」就是「인생 영화（insaeng yeonghwa）」。

276　我花一天就追完了。
　　　　　Ichinichi de ikki mishite shimatta
　　一日で一気見してしまった。
　　　Haru　mane jeongjuhaenghae beorim
　　하루 만에 정주행해 버림.

▶「정주행（jeongjuhaeng）」的漢字是「正走行」。意思是「一口氣看完」。

277　愛情線令人著急抓狂！
　　　　　Renai no tenkai ga modokashii
　　恋愛の展開がもどかしい…
　　　Reobeu　rain　wanjeon　goguma
　　러브 라인 완전 고구마…

▶「러브라인（reobeurain）」是韓國自創的英語，也就是「Love Line」，意即電視劇中的戀愛劇情。「고구마（goguma）」是「甘藷」，因為容易卡在喉嚨，常用來表達焦急或無助的感受。

278　結局真是大快人心。
　　　　　Rasuto shiin ni sukattoshita
　　ラストシーンにスカッとした。
　　　Ending jangmyeoni　saidayeosseo
　　엔딩 장면이 사이다였어.

▶「사이다（saida）」是「汽水」。只要喝口汽水，卡在喉嚨的甘藷就會變得順暢，通常用來表達痛快的心情。

279　甜蜜的場景讓人心動。
　　　　　Ichya ichya shiin ni kyun kyun shita
　　イチャイチャシーンにキュンキュンした。
　　　Kkongnyangkkongnyange simkunghaetda
　　꽁냥꽁냥에 심쿵했다.

▶「심쿵（simkung）」是「심장이 쿵（simjangi kung）」的縮寫，意指「心臟砰砰跳」。

280　故事情節緊湊，令人心驚膽跳⋯⋯
　　　　　Dotou no tenkai ni hara hara shita
　　怒涛の展開にハラハラした…
　　　Hwimorachineun　jeongaee　jomajomahaetda
　　휘몰아치는 전개에 조마조마했다…

▶「휘몰아치다（hwimorachida）」意指「（風）猛烈吹襲」，「조마조마（jomajoma）」是「驚心動魄」的意思。

281　大結局真的讓人非常感動（哭）
　　　　　Saishuu kai ni kandou shita　naki
　　最終回に感動した（泣）
　　　Majimak　hoe　gamdongieotda
　　마지막 회 감동이었다 ㅠㅠ

▶「마지막 회（majimak hoe）」是「最後一集」。意指「最終回」的「최종회（choejonghoe）」也會使用，但語氣稍微正式。

282　主角簡直就是開了外掛。
　　　　　Shujinkou ga sagi kyarakutaa
　　主人公が詐欺キャラクター。
　　　Juingongi　sagi　kaerikteo
　　주인공이 사기 캐릭터.

▶「主角過於完美，讓人覺得像是詐騙」的意思，是一種稱讚。

CASE2 ／ 分享作品的感想

283
這是一部值得一看的電影。
Migotae no aru eiga datta
見ごたえのある映画だった。
Bolmanhan yeonghwayeotda
볼만한 영화였다.

284
這演技直接封神。
Meiengi datta
名演技だった。
Myeongpum yeongiyeotda
명품 연기였다.

▶ 大家常說的「精湛的演技」直譯是「명연기（myeongyeongi）」，不過意指「高水準演技」的「명품연기（myeongpum yeongi）」也相當常見。

285
伏筆回收讓我起了雞皮疙瘩。
Fukusen kaishuu ni torihada ga tatta
伏線回収に鳥肌が立った。
Bokseon hoesue soreum dodasseo
복선 회수에 소름 돋았어.

▶ 「복선（bokseon）」是「伏筆」，「회수（hoesu）」是「回收」。不少人會用意指「練餌」的「떡밥（tteokbap）」來代替伏筆。

286
心情就像雲霄飛車，起伏太大……
Kanjou ga jettokoosutaa no you datta
感情がジェットコースターのようだった…
Gamjeongui rolleokoseuteoreul tatda
감정의 롤러코스터를 탔다...

▶ 「롤러코스터（rolleokoseuteo）」是「雲霄飛車」。可以用來形容起伏激烈的情緒。

287
完全被韓國電影迷住了，無法自拔。
Kankoku eiga no numa ni ochita
韓国映画の沼に落ちた。
Hanguk yeonghwaui neupe ppajyeotda
한국 영화의 늪에 빠졌다.

288
OST也太好聽了吧。
Ooesutii mo saikou sugiru
OSTも最高すぎる。
Oeseuti do kkeunnaejunda
OST도 끝내준다.

▶ OST是Original Sound Track 的縮寫，意指「原聲帶」。

289
接下來要追哪齣戲呢？
Tsugi wa nani miyou
次は何見よう？
Ije mwo boji
이제 뭐 보지？

290
期待續篇！
Zokuhen ga tanoshimi
続編が楽しみ！
Husokpyeon gidaedoenda
후속편 기대된다！

▶ 「續篇」是「후속편（husokpyeon）」。若要說「下一季」，可以用「다음 시즌（daeum sijeun）」。

CHAPTER 4 與宅友交流時能派上用場的句子

119

CASE 3

提問・呼籲

介紹一些粉絲互相提問或互相協助時可以派上用場的句子。

全世界的人趕快來看這個！

Seken no minasan, kore wo mite kudasai
世間のみなさん、これを見てください！

291

Sesang saramdeul igeot jom boseyo
세상 사람들 이것 좀 보세요!

韓國人想要分享精彩的內容時，通常會這樣在社群媒體上貼文。「세상 사람들（sesangsaramdeul，世上的所有人）」有時會用「얘들아（yaedeura，大家）」來代替；後面的「이것（igeot，這個）」則常換成「우리 애（uri ae，我家的孩子）」。

CASE3 ／ 提問・呼籲

292
你喜歡什麼歌？
Suki na kyoku wa nan desu ka
好きな曲は何ですか？
Joahaneun noraeneun mwoyeyo
좋아하는 노래는 뭐예요?

▶ 在表示「最愛的歌曲」時，通常會用「최애 곡（choeae gok）」來表達。

293
你喜歡哪個團體？
Suki na guruupu wa nan desu ka
好きなグループは何ですか？
Joahaneun geurubeun nuguyeyo
좋아하는 그룹은 누구예요?

▶ 在這種情況下，韓國人通常會問「누구예요？（nuguyeyo，是誰）」而不是「뭐예요？」（mwoyeyo，是哪個）。順便告訴大家，「推團」（最喜歡的團體）的韓語是「최애그룹（choeaegeurup）」。

294
你喜歡哪個成員？
Suki na menbaa wa dare desu ka
好きなメンバーは誰ですか？
Joahaneun membeoneun nuguyeyo
좋아하는 멤버는 누구예요?

295
這次的演唱會你會去嗎？
Kondo no konsaato ni wa ikimasu ka
今度のコンサートには行きますか？
Ibeon konseoteuneun gal geoyeyo
이번 콘서트에는 갈 거예요?

▶ 「上次的演唱會你有去嗎？」是「저번 콘서트에는 갔어요？（jeobeon konseoteuneun gasseoyo）」。

296
韓國的演唱會怎麼樣？
Kankoku no konsaato wa dou deshita ka
韓国のコンサートはどうでしたか？
Hanguk konseoteuneun eottaesseoyo
한국 콘서트는 어땠어요?

297
感謝你分享評論！
Repo no appu, arigatou gozaimasu
レポのアップ、ありがとうございます！
Hugi ollyeo jusyeoseo gamsahamnida
후기 올려 주셔서 감사합니다!

▶ 「후기（hugi）」的漢字是「後記」。常用來表示感想或評論。詳見 p.19。

298
這次的周邊怎麼樣？
Konkai no guzzu wa dou deshita ka
今回のグッズはどうでしたか？
Ibeon gutjeuneun eottaesseoyo
이번 굿즈는 어땠어요?

299
今天的音樂節目你看了嗎？
Kyou no ongaku bangumi wa mimashita ka
今日の音楽番組は観ましたか？
Oneul eumbang bwasseoyo
오늘 음방 봤어요?

▶ 「음방（eumbang）」是「음악 방송（eumak bangsong）」的縮寫，意指「音樂節目」。

CHAPTER 4 與宅友交流時能派上用場的句子

300
應援口號記下來！
Kakegoe wo oboemashou
掛け声を覚えましょう！
Eungwonbeobeul oeupsida
응원법을 외웁시다！

▶ 參加公開演出或演唱會的粉絲通常會事先背下偶像所屬經紀公司發佈的官方應援口號（配合歌曲應援）。

301
讓新歌衝上第一名吧！
Shinkyoku wo ichii ni shimashou
新曲を１位にしましょう！
Singogeul irwiro mandeureoyo
신곡을 １위로 만들어요！

302
今天也來刷榜吧！
Kyou mo sutoriimingu saisei shimashou
今日もストリーミング再生しましょう！
Oneuldo seuminghapsida
오늘도 스밍합시다！

▶ 音源網站上的歌曲播放次數會影響到音源排行榜，因此粉絲都會相互呼籲大家合作。

303
目標是播放一億次！
Mokuhyou wa ichioku kai saisei
目標は１億回再生！
Mokpyoneun johoesu ireokbyu
목표는 조회수 １억뷰！

▶ 「播放〇〇次」是「〇〇뷰（byu）」。源自英文的「view」。

304
讓這個標籤霸佔熱搜吧！
Kono hasshutagu wo torendo iri sasemashou
このハッシュタグをトレンド入りさせましょう！
I haesitaegeu silteue ollipsida
이 해시태그 실트에 올립시다！

▶ 「실트（silteu）」是「실시간 트렌드（silsigan teurendeu）」的縮寫，意思是「熱搜」或「熱門趨勢」。詳見 p.31。

305
請投票給這位練習生！
Kono renshuusei e no touhyou wo onegaishimasu
この練習生への投票をお願いします！
I yeonseupsaengege tupyohae juseyo
이 연습생에게 투표해 주세요！

▶ 在以出道為目標而競爭的練習生選秀節目中，有時會要求觀眾和粉絲投票。

306
我正在策劃生日應援活動。
Tanjoubi sapooto wo kikaku shite imasu
誕生日サポートを企画しています。
Saengil seopoteu gihoek jungieyo
생일 서포트 기획 중이에요．

307
讓我們一起慶祝吧！
Issho ni oiwai shimashou
いっしょにお祝いしましょう！
Gachi chukahapsida
같이 축하합시다！

CASE3 ／ 提問・呼籲

308
我們這些粉絲要不要集資做個應援廣告？
Watashitachi fan doushi de koukoku wo dashimasen ka
私たちファン同士で広告を出しませんか？
Uri paendeulkkiri gwanggoreul nae bolkkayo
우리 팬들끼리 광고를 내 볼까요？

309
我們這些粉絲要不要送台咖啡車？
Watashitachi fan doushi de koohii sha wo sashiire shimasen ka
私たちファン同士でコーヒー車を差し入れしませんか？
Uri paendeulkkiri keopichareul bonae bolkkayo
우리 팬들끼리 커피차를 보내 볼까요？

▶ 本命生日時，粉絲通常會集資送台咖啡車（移動式咖啡廳）到拍攝現場，作為應援的方式之一。

310
有意參加的人請從這裡註冊。
Sanka kibou no kata wa kochira kara go touroku kudasai
参加希望の方はこちらからご登録ください。
Chamgareul huimanghasineun buneun yeogie deungnokae juseyo
참가를 희망하시는 분은 여기에 등록해 주세요．

311
我們會分發應援布條（應援手幅）。
Suroogan wo haifu shimasu
スローガンを配布します。
Seullogeon nanwo deurimnida
슬로건 나눠 드립니다．

312
我們會分發杯套。
Kappu horudaa wo haifu shimasu
カップホルダーを配布します。
Keop holdeo nanwo deurimnida
컵 홀더 나눠 드립니다．

▶ 有些粉絲在舉辦活動時會製作印有偶像照片的杯套，分發給來場者。

313
我正在尋找願意轉讓周邊的人。
Guzzu wo yuzutte kudasaru kata wo sagashite imasu
グッズを譲ってくださる方を探しています。
Gutjeu yangdohae jusil bun chajayo
굿즈 양도해 주실 분 찾아요．

314
期待著您的留言或私訊。
Ripurai ka diiemu wo omachi shite imasu
リプライかDMをお待ちしています。
Daetgeurina diem gidarilgeyo
댓글이나 DM 기다릴게요．

315
歡迎追蹤！
Kigaru ni foroo shite kudasai
気軽にフォローしてください！
Budam eopsi pallouhae juseyo
부담 없이 팔로우해 주세요！

▶ 不少人會將意指「追蹤」的「팔로우（pallou）」簡化成「팔로（pallo）」。

CHAPTER 4 與宅友交流時能派上用場的句子

123

CASE 4

回應留言或評論

這一節將介紹一些交情較好的粉絲之間表達共鳴或互動時的常用句子。有一些說不定常在歌詞或電視劇中聽到呢！

真的假的？

マジで？
Maji de

316

진짜?
Jinjja

應該有人在歌詞或電視劇中聽過這個句子。這是韓國人驚訝時常用的表達方式。相同意思的還有口氣比較正式的「정말？（jeongmal）」。另外，不少人還會在後面加上強調語氣的「로（ro）」，也就是「진짜로？（jinjjaro）」或「정말로？（jeongmallo）」。

CASE4 ／ 回應留言或評論

317
咦！？
え!?
_E
헐!?
_{Heol}

318
厲害！
やばい！
_{Yabai}
대박！
_{Daebak}

▶「대박（daebak）」原本是指「大成功、大受歡迎」，不過現在也廣泛用來表示「厲害、了不起」。

319
好好笑喔。
ウケる。
_{Ukeru}
웃기다.
_{Utgida}

320
我也是這麼想的。
それな。
_{Sore na}
내 말이.
_{Nae mari}

321
真的就是這樣！
ほんとそれ。
_{Honto sore}
그니까.
_{Geunikka}

▶「그니까（geunikka）」是「그러니까（geureonikka）」的縮寫。兩種說法都相當普遍。

322
確實如此。
確かに。
_{Tashikani}
그러게.
_{Geureoge}

323
原來如此。
なるほど。
_{Naruhodo}
그렇구나.
_{Geureokuna}

▶網路上通常會縮寫為「글쿤（geulkun）」。

324
當然。
もちろん。
_{Mochiron}
그럼.
_{Geureom}

CHAPTER 4　與宅友交流時能派上用場的句子

325
了解！
Ryoukai
了解！
Arasseo
알았어！

326
沒錯。
Sou da yo
そうだよ。
Maja
맞아.

▶ 重複說「맞아 맞아！」時意思是「沒錯沒錯」。

327
嗯。
Uun
うーん。
Eum
음.

328
是嗎？
Sou
そう？
Geurae
그래？

▶「그렇겠지？（geureoketji）」是「（應該）是這樣吧」；「그랬어？（geuraesseo）」的意思則是「是這樣嗎」。

329
什麼？
Ha
は？
Mwo
뭐？

330
太扯了吧？
Masaka
まさか！
Seolma
설마！

331
怎麼辦？
Doushiyou
どうしよう。
Eotteokae
어떡해.

▶ 動詞「어떡해（eotteokae）」是半語，原形是「어떡하다（eotteokada，怎麼辦）」。請不要與意指「要如何～」的「어떻게（eotteoke）」搞混。

332
怎麼會這樣……／天啊……
Nante koto
なんてこと…
Sesange
세상에...

CASE4 ／ 回應留言或評論

333
太好了！／耶～！
やったー！ (Yattaa)
앗싸 ~! (Atssa)

334
不錯不錯！
いいねいいね！ (Ii ne ii ne)
좋아 좋아! (Joa Joa)

▶ 也可以說「좋네 좋네！（jonne jonne）」或「좋다 좋다！（jota jota）」。

335
哇～真好！
わー、いいなあ！ (Waa, ii naa)
와 ~ 좋겠다! (Wa ~ joketda)

▶ 也可以用表示「羨慕」的「부럽다（bureopda）」來代替「좋겠다（joketda）」。

336
嚇死我了～！
びっくりした～！ (Bikkuri shita)
깜짝이야 ~! (Kkamjjagiya)

337
哎呀！
あら！ (Ara)
어머! (Eomeo)

338
太過分了！
ひどい！ (Hidoi)
심하다! (Simhada)

▶ 「심하다（simhada）」是朋友之間的說法，「너무해（neomuhae）」則是用於情侶之間。

339
哭爆了。
泣ける。 (Nakeru)
눈물 난다. (Nunmul nanda)

▶ 「눈물 난다（nunmul nanda）」字面意思是「掉眼淚」。

340
完蛋了。
オワタ。 (Owata)
망했다. (Manghaetda)

▶ 「망했다（manghaetda）」的字面意思是「失敗了、不行了」。通常含有「完蛋了，無路可走」的語氣。

CHAPTER 4　與宅友交流時能派上用場的句子

CASE 5

參加活動

這一節將介紹一些粉絲在分享演唱會或握手會心得時可以派上用場的句子。

我還以為他吞下了CD。
CD飲み込んだかと思った。
Shiidii nomikonda ka to omotta

341
CD 삼킨 줄.
Sidi samkin jul

當藝人在直播或演唱會上展現出與CD不相上下，甚至更勝一籌的歌聲時，日本粉絲會說「就像是從嘴裡播放CD音源一樣」，**而韓國粉絲則會用「我以為他吃下了CD」的方式來表達。** 國家不同但粉絲的想法如此相似，真的是很有趣。在動詞、形容詞後面加上「-ㄴ／은 줄（-n／eun jul）」就會變成「我以為～」的意思。

128

CASE5 / 參加活動

342
原來我的本命不是幻覺！
推しが実在してた。
Oshi ga jitsuzai shite ta
최애가 실존하더라.
Choeaega siljonhadeora

> 順帶一提，見到本尊時要說「실물 영접（silmul yeongjeop）」，寫成漢字是「實物迎接」。

343
他的臉跟娃娃一樣小。
顔が小さくてお人形さんみたいだった。
Kao ga chiisakute oningyou-san mitai datta
얼굴이 작아서 인형인 줄 알았어.
Eolguri jagaseo inhyeongin jul arasseo

344
這腿看起來簡直有五公尺長。
足が長すぎて5mあった。
Ashi ga naga sugite go meetoru atta
다리가 너무 길어서 5m쯤 되는 줄.
Dariga neomu gireoseo omiteojjeum doeneun jul

345
他的氣場真是非同小可。
オーラが半端なかった。
Oora ga hanpa nakatta
포스가 장난 아니었어.
Poseuga jangnan anieosseo

> 「포스（poseu）」是英語「force」的韓語音譯，意思是「力量」。也可以使用意指「氣場」的「아우라（aura）」。

346
每個人都耀眼到讓我看不清楚。
全員眩しくて見えなかった。
Zen'in mabushikute mienakatta
전원 눈이 부셔서 볼 수가 없더라.
Jeonwon nuni busyeoseo bol suga eopdeora

347
我被本命的眼神電到了啦！
推しと目があった！
Oshi to me ga atta
최애랑 눈 마주쳤다!!
Choeaerang nun majuchyeotda

348
大家都很可愛，讓我的幸福感完全充滿電。
みんなかわいくて、幸せフル充電。
Minna kawaikute, shiawase furu juuden
다들 예뻐서 행복 풀 충전했다.
Dadeul yeppeoseo haengbok pul chungjeonhaetda

> 「행복 풀 충전（haengbok pul chungjeon）」是「幸福完全充滿電」。偶像迷在感到幸福洋溢時會用上的句子。

349
光是呼吸著同一片空氣就覺得幸福。
同じ空気吸っただけで幸せ。
Onaji kuuki sutta dake de shiawase
같은 공기 마신 것만으로 행복.
Gateun gonggi masin geonmaneuro haengbok

CHAPTER 4 與宅友交流時能派上用場的句子

350
會場熱鬧非凡！
Kaijou ga atsui
会場が熱い！
Gongyeonjangi tteugeowo
공연장이 뜨거워！

「공연장（gongyeonjang）」的漢字是「公演場」，用來指稱演出場地。在這種情況下用意指「會場」的「회장（hoejang）」反而比較符合語境，也較常用。

351
喝采聲真是驚人。
Kansei ga sugoi
歓声がすごい。
Hwanseongi goengjanghada
환성이 굉장하다．

352
他一出場就很帥氣。
Toujou shita shunkan kara kakko yokatta
登場した瞬間からかっこよかった。
Deungjanghaneun sunganbuteo meosisseosseo
등장하는 순간부터 멋있었어．

353
現場演唱讓人起雞皮疙瘩。
Namauta ni torihada tatta
生歌に鳥肌立った。
Raibeu soreum dodasseo
라이브 소름 돋았어．

354
這歌單也太狂了吧。
Setto risuto ga geki atsu
セットリストが激アツ。
Setri michyeotda
셋리 미쳤다．

列出演唱會的曲目及表演順序的東西稱作「歌單」，韓語是「세트리스트（seteuriseuteu）」，縮寫「셋리스트（setriseuteu）」，還能再縮簡成「셋리（setri）」。

355
日語主持人真厲害！
Nihongo no emusii ga jyouzu
日本語のMCが上手！
Ilboneo menteu neomu jalhanda
일본어 멘트 너무 잘한다！

「잘한다（jalhanda，厲害的）」可以換成「웃기다（utgida，有趣的）」或「감동이다（gamdongida，感動的）」。

356
離舞台超近的。
Suteeji kara chou chikakatta
ステージから超近かった。
Mudaeeseo wanjeon gakkawotda
무대에서 완전 가까웠다．

357
粉絲服務（飯撒）真的做得很到位。
Fansa mechakucha moraeta
ファンサめちゃくちゃもらえた。
Paen seobiseu eomcheong mani hae jwotda
팬 서비스 엄청 많이 해 줬다．

CASE5 ／ 參加活動

358
體感時間只有5秒。
Taikan jikan go byou datta
体感時間5秒だった。
Chegam sigan ochoyeotda
체감 시간 5초였다.

359
我的記憶斷片了。／我的腦袋一片空白。
Kioku ga nai
記憶がない。
Gieogi eopda
기억이 없다.

360
那是夢嗎？
Yume datta no kana
夢だったのかな？
Kkumieonna
꿈이었나？

361
別哭，乖乖聽話會有回報的。
Nakanaide ii ko ni shiteta kai ga aru
泣かないでいい子にしてた甲斐がある。
An ulgo chakage san borami itda
안 울고 착하게 산 보람이 있다.

▶ 因為看到本命的表演或作品而感到幸福時，韓國的偶像迷通常會這樣表達喜悅。

362
這樣我就能活下去了！
Kore de shibaraku ikirareru
これでしばらく生きられる。
Igeollo dangbungan saragal su itda
이걸로 당분간 살아갈 수 있다.

363
餘韻猶存，久久揮之不去。
Monosugoi yoin
ものすごい余韻。
Eomcheongnan yeoun
엄청난 여운.

364
之後我會寫評論！
Ato de repo kakimasu
あとでレポ書きます！
Najunge hugi sseulgeyo
나중에 후기 쓸게요！

365
我還想再去！
Mata ikitai
また行きたい～！
Tto gago sipdeua
또 가고 싶드아 ~！

CHAPTER 4 與宅友交流時能派上用場的句子

131

CASE 6

參加商品販售會

這一節收錄了能表達對周邊商品各種喜怒哀樂之情的常用句子。

我要買三本,一本欣賞、一本收藏、一本拿來推坑給別人!

Kanshouyou　　　hozon'you　　　　　　　fukyouyou ni san satsu kau wa
鑑賞用．保存用．布教用に3冊買うわ。

366

Jeonsiyong　　bogwannyong　　yeongeomnyongeuro　se　gwon　sal　geoya
전시용, 보관용, 영업용으로 세 권 살 거야.

直譯的話,「전시용(jeonsiyong)」是「展示用」,「보관용(bogwannyong)」是「保管用」,「영업용(yeongeomnyong)」是「營業用」。在韓國向周圍的人傳達本命魅力的行為通常會比喻成「推銷」(參見 p.17)。同款周邊商品購買多個當作裝飾或借給他人,甚至用於他處的行為,說不定是世界各國御宅族的共同特徵呢。

CASE6 ／ 參加商品販售會

367
周邊的資訊終於出來了！
Guzzu jouhou kita
グッズ情報きた！
Gutjeu jeongbo nawatda
굿즈 정보 나왔다！

368
這次的周邊好可愛喔！
Konkai no guzzu kawaii
今回のグッズかわいい！
Ibeon gutjeu gwiyeowo
이번 굿즈 귀여워！

369
我全部都想要。
Zenbu hoshii
全部ほしい。
Da gatgo sipda
다 갖고 싶다．

370
這一排人是怎麼一回事……
Kono retsu, dou iu koto
この列、どういうこと…
I jul museun irinya
이 줄 무슨 일이냐…

▶「무슨 일이냐（museun irinya）」是指「這是怎麼一回事」，用於看到無法置信的情況時。

371
賣完了。
Urikireta
売り切れた。
Maejindwaetda
매진됐다．

▶ 意指「全都賣光了」的「전부 팔렸다（jeonbu pallyeotda）」也滿常聽到。

372
在網路上買吧。
Onrain de kaou
オンラインで買おう。
Onraineuro sayaji
온라인으로 사야지．

373
錢包大開的鐵粉。
Saifu no himo wo yurumeru otaku
財布の紐を緩めるオタク。
Jigap yeollineun deokhu
지갑 열리는 덕후．

374
敗家魂上身了……／手滑了啦！
Bakugai shite shimatta
爆買いしてしまった…
Pokpung gumaehae beoryeotda
폭풍 구매해 버렸다…

▶「폭풍（pokpung）」的意思是「暴風」。而這句話描述的是宛如狂風般狂掃商品，也就是爆買的情景。

CHAPTER 4 與宅友交流時能派上用場的句子

133

周邊收到了！
グッズ届いたー！
_{Guzzu todoita}

굿즈 왔다~!
_{Gutjeu watda}

這個周邊我很滿意！
このグッズお気に入り！
_{Kono guzzu oki ni iri}

이 굿즈 마음에 들어！
_{I gutjeu maeume deureo}

跟本命同款耶！太好了♡
推しとお揃い！やったー♡
_{Oshi to osoroi! yattaa}

최애랑 커플이다！앗싸~♡
_{Choeaerang keopeurida! atssa}

我現在要拆封囉。咚咚！
いまから開封する。ドドン！
_{Ima kara kaifuu suru. Dodon}

지금부터 개봉한다．두둥！
_{Jigeumbuteo gaebonghanda. Dudung}

▶「개봉（gaebong）」的意思是「開封」。「두둥（dudung）」是模仿打鼓聲的擬聲詞，用於代表某件事情即將發表。

好捨不得拆開喔！
開封するのがもったいない！
_{Kaifuu suru no ga mottainai}

뜯기 아깝다！
_{Tteutgi akkapda}

▶「뜯기（tteutgi）」是動詞，有「打開、剝下、剪下」等多種意思。

我不要拆，要拿來裝飾。
未開封のまま飾っておこう。
_{Mikaifuu no mama kazatte okou}

뜯지 말고 장식해 둬야지．
_{Tteutji malgo jangsikae dwoyaji}

被周邊包圍的幸福感滿滿……
グッズに囲まれる幸せ…
_{Guzzu ni kakomareru shiawase}

굿즈에 둘러싸인 행복…
_{Gutjeue dulleossain haengbok}

我要停止收藏周邊。
グッズ卒します。
_{Guzzu sotsu shimasu}

굿즈 끊을 거예요．
_{Gutjeu kkeuneul geoyeyo}

▶動詞「끊을 거예요（kkeuneul geoyeyo）」的原形是「끊다（kkeunta）」，意思是「停止」或「中斷」。

CASE6 ／ 參加商品販售會

383
放下物欲吧！
_{Butsuyoku sutete}
物欲捨てて！
_{Muryogeul beoryeo}
물욕을 버려!

384
我抽中我的本命了！
_{Oshi ga atatta}
推しが当たった！
_{Choeae geo ppobatda}
최애 거 뽑았다!

385
全體成員都登場了！
_{Menbaa zen'in atatta}
メンバー全員当たった！
_{Jeon membeo da nawatda}
전 멤버 다 나왔다!

386
運氣全都用光了……
_{Un wo tsukaihatashita}
運を使い果たした…
_{Un da sseotda}
운 다 썼다…

387
我的本命一個也沒出現。
_{Oshi ga hitotsu mo denakatta}
推しが一つも出なかった。
_{Choeaega hanado an nawasseo}
최애가 하나도 안 나왔어.

388
運氣太差了（哭）
_{Un ga nasa sugiru naki}
運がなさすぎる（泣）
_{uni neomu eopda}
운이 너무 없다 ㅠㅠ

389
我準備了滿滿的禮物，請收下！
_{Sonmuru wo takusan youi shite kita node, uketotte kudasai}
ソンムルをたくさん用意してきたので、受け取ってください！
_{Seonmul mani junbihaenneunde badeuseyo}
선물 많이 준비했는데 받으세요!

▶「선물（seonmul）」的意思是「禮物」。粉絲之間用來分發或交換周邊時可以派上用場的句子。

390
有沒有人願意用這張卡跟我換〇〇的卡呢～！
_{Kono toreka wo OO no toreka to koukan shite kudasaru kata}
このトレカを○○のトレカと交換してくださる方～！
_{I poka OO pokaro gyohwanhae jusil bun}
이 포카 ○○ 포카로 교환해 주실 분 ~!

▶「포카（poka）」是「포토카드（potokadeu，照片卡）」的縮寫，意思和「交易卡／收藏卡」一樣。

CHAPTER 4 與宅友交流時能派上用場的句子

―― CASE 7 ――

聖地巡禮

能去本命曾經去過或呼吸過的地方，對偶像迷來說肯定是無比的歡喜。

這裡就是MV的拍攝地點！

Koko ga emubui no rokechi da
ここがMVのロケ地だ！

391

Yeogiga　　myubi　　chwaryeongjiya
여기가 뮤비 촬영지야！

在看韓國電視劇或 MV 時，往往會好奇是在哪裡拍攝的呢？許多拍攝地點都會在旅遊書或 SNS 上介紹。如果有機會去韓國的話，走訪這些地方一定會很有趣。此外，大型經紀公司打造的觀光設施，或是知名藝人家人經營的餐廳，也是韓國娛樂迷不可錯過的好去處！

136

CASE7 ／ 聖地巡禮

392
這裡是本命去過的店！
<small>Oshi ga itta omise da</small>
推しが行ったお店だ！
<small>Choeaega danyeogan gage</small>
최애가 다녀간 가게！

393
他好像是坐在這個位子上！
<small>Kono seki ni suwatta rashii</small>
この席に座ったらしい！
<small>I jarie anjanna bwa</small>
이 자리에 앉았나 봐！

394
可以吃到一樣的東西真幸福！
<small>Onaji mono ga taberarete shiawase</small>
同じものが食べられて幸せ！
<small>Gateun geo meogeul su isseoseo haengbokada</small>
같은 거 먹을 수 있어서 행복하다！

395
我要複製這個構圖！
<small>Onaji kouzu de shashin toritai</small>
同じ構図で写真撮りたい！
<small>Gateun gudoro sajin jjikgo sipeo</small>
같은 구도로 사진 찍고 싶어！

396
去事務所巡禮吧～！
<small>Jimusho meguri shiyo</small>
事務所巡りしよ～！
<small>Sosoksa tueo gaja</small>
소속사 투어 가자～！

▶「OO巡禮」可以用「OO 투어（tueo）」，也就是「OO巡迴演出」的說法來表達。

397
我們去生日咖啡廳巡禮吧！
<small>Tanjoubi kafe wo megurou</small>
誕生日カフェを巡ろう！
<small>Saengil kape tueo haja</small>
생일 카페 투어 하자！

▶在藝人生日的時候去韓國，還可以參加粉絲租下咖啡廳舉辦的活動。

398
去看生日廣告吧！
<small>Tanjoubi koukoku wo mi ni ikou</small>
誕生日広告を見に行こう！
<small>Saengil gwanggo boreo gaja</small>
생일 광고 보러 가자！

▶為了慶祝本命的生日，粉絲們通常會在車站、公車站牌、電影院上映的CM，甚至飛機票上買廣告。

399
我想去OO媽媽開的咖啡店！
<small>OO no okaasan ga yatteru kafe ni ikitai</small>
○○のお母さんがやってるカフェに行きたい！
<small>OO eomeoniga unyeonghasineun kapee gago sipeo</small>
○○ 어머니가 운영하시는 카페에 가고 싶어！

▶藝人或其家人經營的餐廳如今已成為韓國旅遊的一大熱門去處，甚至還會登上旅遊手冊之中。但朝聖時要有分寸，不要給店家添麻煩喔。

社群媒體上常用的縮寫

韓國年輕人有時會在社群媒體上只用韓文字母中的子音交流。下面介紹的是偶像貼文中常見的代表性內容。

keu-keu-keu ㅋㅋㅋ	www
heu-heu-heu ㅎㅎㅎ	呵呵呵
uu / yuyu ㅜㅜ / ㅠㅠ	（哭）
gam-sa ㄱㅅ	感謝
joe-song ㅈㅅ	抱歉
su-go ㅅㄱ	辛苦了
gwaen-chan-a ㄱㅊ	沒關係
chu-ka ㅊㅋ	恭喜
eung-eung ㅇㅇ	嗯嗯
na-do ㄴㄷ	我也是
o-kei ㅇㅋ	OK
re-al ㄹㅇ	真的假的？
no-no ㄴㄴ	不不
bai-bai ㅂㅂ / ㅃㅃ	掰掰
sa-rang-hae ㅅㄹㅎ	我愛你！
gwi-yeo-wo / keo-yeo-wo ㄱㅇㅇ / ㅋㅇㅇ	可愛喔！

CHAPTER 5

與管理團隊溝通的實用句子

CASE 1

傳達意見和建議

這一節為大家整理了一些向官方提出要求時的實用句子,例如「希望增加日語字幕」、「希望重新販售周邊」等。

請在日本也舉辦公演!

Nihon demo kouen shite kudasai
日本でも公演してください!

Iboneseodo　　　　　gongyeonhae　　　juseyo
일본에서도 공연해 주세요!

「공연(gongyeon)」是「公演」,「해 주세요(hae juseyo)」的意思是「請〜」。提出要求時,動詞後面要加上「-아/어주세요(-a／eojuseyo)」,意思是「請(做)〜」。如果想更加強烈地表達感情,可以加上「꼭(kkok,一定)」或「제발(jebal,拜託)」等詞語。
註:臺灣為「대만(Daeman)」;中文為「중국어(junggukeo)」。

CASE1 ／ 傳達意見和建議

401
請在日本也舉辦粉絲見面會。
Nihon de mo fan miitingu wo kaisai shite kudasai
日本でもファンミーティングを開催してください。
Ilboneseodo paenmitingeul gaechoehae juseyo.
일본에서도 팬미팅을 개최해 주세요.

▶ 註：可將「日本」（日本）替換成臺灣「대만（Daeman）」。

402
請在日本也舉辦簽名會。
Nihon de mo sainkai wo kaisai shite kudasai
日本でもサイン会を開催してください。
Ilboneseodo sainhoereul gaechoehae juseyo
일본에서도 사인회를 개최해 주세요.

403
請加場演出。
Tsuika kouen wo onegaishimasu
追加公演をお願いします。
Chuga gongyeon yocheongdeurimnida
추가 공연 요청드립니다.

▶ 意指「請求」的「요청（yocheong）」通常用於表達強烈要求或期望的時候。

404
請在可以容納更多觀眾的地方進行演出！
Motto hiroi kyapa no kaijou de kouen shite kudasai
もっと広いキャパの会場で公演してください！
Deo maneun inwoni deureogal su inneun goseseo gongyeonhae juseyo
더 많은 인원이 들어갈 수 있는 곳에서 공연해 주세요！

405
一定要知道你們在日本也有超高人氣！
Nihon de mo daininki da to iu koto wo shitte kudasai
日本でも大人気だということを知ってください！
Ilboneseodo ingiga mantaneun geol ara juseyo
일본에서도 인기가 많다는 걸 알아 주세요！

406
希望能優待 W 會員……（哭）
W kaiin wo yuuguu shite hoshii desu naki
W会員を優遇してほしいです…（泣）
W hoewoneul udaehae jwosseumyeon jokesseoyo
W회원을 우대해 줬으면 좋겠어요 ... ㅠㅠ

▶ 「W會員」是「雙平台會員」，意指同時加入一般粉絲俱樂部及手機版粉絲俱樂部的會員。

407
進場時請確實審核身分。
Nyuujou suru toki ni honnin kakunin wo tettei shite kudasai
入場するときに本人確認を徹底してください。
Ipjanghal ttae bonin hwagineul cheoljeohi hae juseyo
입장할 때 본인 확인을 철저히 해 주세요.

▶ 最近高價轉售熱門演唱會門票的人越來越多，因此經紀公司正在加強應對措施。

408
我希望能發行演唱會 DVD。
Konsaato diibuidii wo hatsubai shite hoshii desu
コンサート DVD を発売してほしいです。
Konseoteu dibidi kkok balmaehae juseyo
콘서트 DVD 꼭 발매해 주세요.

CHAPTER 5 與管理團隊溝通的實用句子

409
希望韓國的發售日那天,日本也能同步開賣。
Kankoku de no hatsubai bi to douji ni Nihon de hatsubai shite hoshii desu
韓国での発売日と同時に日本で発売してほしいです。
Hanguk balmaeilgwa gateun nal Ilboneseo balmaehamyeon jokesseoyo
한국 발매일과 같은 날 일본에서 발매하면 좋겠어요.

410
期待幕後花絮公開。
Bihaindo koukai mattemasu
ビハインド公開待ってます。
Bihaindeu yeongsang gidarilgeyo
비하인드 영상 기다릴게요.

411
求日文字幕!
Nihongo jimaku wo tsukete kudasai
日本語字幕をつけてください。
Ilboneo jamak neoeo juseyo
일본어 자막 넣어 주세요.

▶ 註:可將「일본어」(日本語)替換成中文「중국어(junggukeo)」。

412
希望過去的影片也能加上日語字幕。
Kako no haishin ni mo Nihongo jimaku wo tsukete hoshii desu
過去の配信にも日本語字幕をつけてほしいです。
Gwageo yeongsangdo jamak isseumyeon jokesseoyo
과거 영상도 자막 있으면 좋겠어요.

413
請延長公開期間。
Haishin kikan wo mou sukoshi nagaku shite kudasai
配信期間をもう少し長くしてください。
Gonggae gigan jom deo gilge hae juseyo
공개 기간 좀 더 길게 해 주세요.

414
請加強伺服器。
Saabaa wo kyouka shite kudasai
サーバーを強化してください。
Seobeoreul neullyeo juseyo
서버를 늘려 주세요.

415
我希望可以改善一下攝影技術/運鏡。
Kamera waaku wo kaizen shite hoshii desu
カメラワークを改善してほしいです。
Kamera wokeureul jom gaeseonhamyeon jokesseoyo
카메라 워크를 좀 개선하면 좋겠어요.

416
請與〇〇合作!
OO to korabo shite kudasai
〇〇とコラボしてください!
OO hago kollabohae juseyo
〇〇하고 콜라보해 주세요!

▶ 「合作」的韓語正確來講應該是「컬래버(keollaebeo)」,但「콜라보(kollabo)」反而比較常用。

142

CASE1 ／ 傳達意見和建議

417
點擊率好像因為垃圾評論而下降。
スパムコメントで再生回数が減っているみたいです。
Supamu komento de saisei kaisuu ga hette iru mitai desu
스팸 댓글 탓에 조회수가 줄었나 봐요.
Seupaemdaetgeul tase johoesuga jureonna bwayo

418
請儘速採取對策。
早急に対策をお願いします。
Soukyuu ni taisaku wo onegaishimasu
빠른 대처 부탁드립니다.
Ppareun daecheo butakdeurimnida

419
我不想看到成員因為惡評而傷心。
悪質なコメントに傷つくメンバーの姿は見たくありません。
Akushitsu na komento ni kizutsuku menbaa no sugata wa mitaku arimasen
멤버가 악플에 상처받는 모습 안 보고 싶어요.
Membeoga akpeure sangcheobanneun moseup an bogo sipeoyo

420
請檢討是否關閉留言區。
コメント欄の閉鎖を検討してください。
Komento ran no heisa wo kentou shite kudasai
댓글창 폐쇄를 검토해 주세요.
Daetgeulchang pyeswaereul geomtohae juseyo

421
請在日本也販售韓國公演的周邊。
韓国公演のグッズを日本でも販売してください。
Kankoku kouen no guzzu wo Nihon de mo hanbai shite kudasai
한국 공연 굿즈를 일본에서도 팔아 주세요.
Hanguk gongyeon gutjeureul Ilboneseodo para juseyo

422
請增加周邊的產量。
グッズの生産数を増やしてください。
Guzzu no seisan suu wo fuyashite kudasai
굿즈 생산량을 늘려 주세요.
Gutjeu saengsannyangeul neullyeo juseyo

423
請重新販售周邊。
グッズの再販をお願いします。
Guzzu no saihan wo onegaishimasu
굿즈를 재판매해 주시기 바랍니다.
Gutjeureul jaepanmaehae jusigi baramnida

▶「-기 바랍니다 (-gi baramnida)」的意思是「希望您～」，是有禮貌的請求方式。

424
請限制周邊的購買數量。
グッズの購入数を制限してください。
Guzzu no kounyuu suu wo seigen shite kudasai
굿즈 구매 수량을 제한해 주세요.
Gutjeu gumae suryangeul jehanhae juseyo

CHAPTER 5 與管理團隊溝通的實用句子

425
因擔心轉售問題，請考慮採用訂單式的生產模式。
Tenbai ga kenen sareru node, juchuu seisan wo kentou shite kudasai
転売が懸念されるので、受注生産を検討してください。
Doepalgiui uryeoga isseuni jumun saengsanjereul geomtohae juseyo
되팔기의 우려가 있으니 주문 생산제를 검토해 주세요.

▶「되팔기（doepalgi）」的字面意思是「再次販售」。熱門藝人的周邊被高價轉賣已引發關注，也成為一個嚴重的問題。

426
手燈有缺陷，我想退貨。
Penraito ga furyouhin na node, henpin shitai desu
ペンライトが不良品なので、返品したいです。
Paenraiteuga bullyangira banpumhago sipeoyo
팬라이트가 불량이라 반품하고 싶어요.

▶ 表達自己的願望時可以用「-고 싶어요（go sipeoyo）」，意思是「想～」。

427
請你換成新產品。
Atarashii shouhin to koukan shite kudasai
新しい商品と交換してください。
Sae jepumeuro gyohwanhae juseyo
새 제품으로 교환해 주세요.

428
請你退款。
Henkin shite kudasai
返金してください。
Hwanbulhae juseyo
환불해 주세요.

429
我希望能給成員們一些休息時間。
Menbaa wo yasumasete agete hoshii desu
メンバーを休ませてあげてほしいです。
Membeodeureul jom swige hae jumyeon jokesseoyo
멤버들을 좀 쉬게 해 주면 좋겠어요.

430
請保護成員。
Menbaa wo mamotte kudasai
メンバーを守ってください。
Membeoreul jikyeo juseyo
멤버를 지켜 주세요.

431
請公平地分配工作給成員。
Menbaa ni byoudou ni shigoto wo warifutte kudasai
メンバーに平等に仕事を割り振ってください。
Membeoege ireul golgoru nanwo juseyo
멤버에게 일을 골고루 나눠 주세요.

▶ 工作過度集中在某位特定成員身上的現象，稱為「몰아주기（morajugi，過度依賴某人）」，而且曾經引發過問題。

432
請設計一個能讓〇〇（成員名字）脫穎而出的舞蹈。
〇〇 menbaamei ga hikitatsu furitsuke wo shite kudasai
〇〇（メンバー名）が引き立つ振付をしてください。
〇〇 ga/i dotboil su inneun anmureul mandeureo juseyo
〇〇 가/이 돋보일 수 있는 안무를 만들어 주세요.

▶ 韓語中用來指稱主詞的助詞「～가/이」通常會根據前面的詞區分使用。前面的詞如果是母音結尾（無收尾音）的話用「가（ga）」，子音結尾（有收尾音）的話用「이（i）」。

CASE1 ／ 傳達意見和建議

433
我想要一首能欣賞○○（成員名字）甜美嗓音的歌曲。
　　　OO　　　menbaamei　　　　　　no suteki na koe wo tan'nou dekiru kyoku ga hoshii desu
○○（メンバー名）の素敵な声を堪能できる曲がほしいです。
　　OO　ui kkulseongdaereul mankkikal su inneun gogeul wonhaeyo
○○의 꿀성대를 만끽할 수 있는 곡을 원해요.

▶「꿈（kkum，蜂蜜）」+「성대（seongdae，聲帶）」=「꿀성대（kkulseongdae）」，意指「甜美嗓音」。

434
我想多看看○○（成員名字）的演技！
　　　OO　　　menbaamei　　　　　　no engi suru sugata wo motto mitai desu
○○（メンバー名）の演技する姿をもっと見たいです！
　　OO　ui　yeongihaneun　moseubeul jom deo bogo sipeoyo
○○의 연기하는 모습을 좀 더 보고 싶어요!

435
希望能為每個成員搭配適合他們的服裝。
　　　　　　Kaku menbaa ni niau ishou wo kisete hoshii desu
各メンバーに似合う衣装を着せてほしいです。
　Membeo　gakjaege　eoullineun　uisangeul　seutaillinghamyeon　jokesseoyo
멤버 각자에게 어울리는 의상을 스타일링하면 좋겠어요.

436
請不要惡意剪輯。
　　　　Akuhen wa shinaide kudasai
悪編はしないでください。
　Angmaui　pyeonjibeul　haji　maseyo
악마의 편집을 하지 마세요.

▶「악마의 편집（angmaui pyeonjip）」的字面意思是「惡魔的編輯」。曾經有些參演者在試鏡節目中遭到貶低，因而引發了問題。

437
請將照片修得更自然一些。
　　　　Shashin no kakou wo mou sukoshi shizen na kanji ni shite kudasai
写真の加工をもう少し自然な感じにしてください。
　Sajin　bojeongeul　jom deo　jayeonseureopge hae　juseyo
사진 보정을 좀 더 자연스럽게 해 주세요.

▶「사진 보정（sajin bojeong）」在韓語中意指「修圖」，是將「사진（sajin，照片）」和「보정（bojeong，修正）」合起來的詞。

438
下次我想看到酷炫的概念。
　　　　　Tsugi wa kuuru na konseputo mo mite mitai desu
次はクールなコンセプトも見てみたいです。
　Daeumeneun　kulhan　konsepteu　bogo　sipeoyo
다음에는 쿨한 콘셉트 보고 싶어요.

439
日本公演時我想給成員一個驚喜。
　　Nihon kouen de,　　　　　　menbaa ni sapuraizu wo shitai desu
日本公演で、メンバーにサプライズをしたいです。
　Ilbon　gongyeon ttae　seopeuraijeureul　hago　sipeoyo
일본 공연 때 서프라이즈를 하고 싶어요.

440
安可的時候舉辦閃光活動如何？
　　Ankooru no toki,　　　　furasshu ibento wo suru no wa dou desu ka
アンコールのとき、フラッシュイベントをするのはどうですか？
　Aengkol ttae　peullaesi　ibenteuhaneun　geon　eottaeyo
앵콜 때 플래시 이벤트하는 건 어때요?

▶「플래시 이벤트（peullaesi ibenteu）」是指同時點亮智慧型手機的活動。除此之外，粉絲們還會合唱生日歌或共同舉起寫有特定訊息的應援布條作為驚喜。

CHAPTER 5　與管理團隊溝通的實用句子

145

CASE 2

洽詢

粉絲信可以寄到哪裡？每人最多可購買幾個周邊？怎麼查也查不到的事情，就用韓語來問問看吧！

可以把米花圈送到表演場地嗎？

Kome hanawa wo kaijou ni okutte mo ii desu ka
米花輪を会場に送ってもいいですか？

441

Ssal　　　hwahwaneul　　　gongyeonjange　　　　　bonaedo　　　dwaeyo
쌀 화환을 공연장에 보내도 돼요?

韓國粉絲在電視劇製作發表會或偶像演唱會等喜慶場合時有個習俗，那就是會送上「쌀 화환（ssal hwahwan）」，即「米花圈」（或稱米花籃）來祝賀。這是裝飾著花環的米，之後會以藝人的名義捐贈給慈善團體等機構。但不可以貿然寄送，要先向經紀公司確認才行。

CASE2 ／ 洽詢

442
下次什麼時候來日本呢？
Tsugi no rainichi wa itsu desu ka
次の来日はいつですか？
Daeumeneun eonje Ilbone wayo
다음에는 언제 일본에 와요?

▶ 註：可將「日本」（日本）替換成臺灣「대만（Daeman）」。

443
演唱會的日程何時公佈？
Konsaato no nittei wa itsu happyou saremasu ka
コンサートの日程はいつ発表されますか？
Konseoteu iljeongeun eonje balpyodwaeyo
콘서트 일정은 언제 발표돼요?

444
有計劃舉辦粉絲見面會嗎？
Fan miitingu no yotei wa arimasu ka
ファンミーティングの予定はありますか？
Paenmitingeun gyehoegi itseumnikka
팬미팅은 계획이 있습니까?

445
粉絲信要寄到哪裡呢？
Fan retaa wa doko ni okureba ii desu ka
ファンレターはどこに送ればいいですか？
Paenreteoneun eodiro bonaemyeon dwaeyo
팬레터는 어디로 보내면 돼요?

▶ 「-（으）면 돼요（〔eu〕myeon dwaeyo）」的意思是「～可以嗎？」是詢問時的常用句型。

446
請問應援禮該寄到哪裡去？
Purezento wa doko ni okureba ii desu ka
プレゼントはどこに送ればいいですか？
Seonmureun eodiro bonaemyeon dwaeyo
선물은 어디로 보내면 돼요?

447
自製的應援布條（應援手幅）可以帶進場嗎？
Jisaku no suroogan wo kaijou ni mochikonde mo ii desu ka
自作のスローガンを会場に持ち込んでもいいですか？
Jajak seullogeon gongyeonjange gatgo deureogado dwaeyo
자작 슬로건 공연장에 갖고 들어가도 돼요?

448
市售的手燈可以帶進場嗎？
Shihan no penraito wo kaijou ni mochikonde mo ii desu ka
市販のペンライトを会場に持ち込んでもいいですか？
Sipan paenraiteu gongyeonjange gatgo deureogado dwaeyo
시판 팬라이트 공연장에 갖고 들어가도 돼요?

449
可以刷卡嗎？
Kurejitto kaado wa tsukaemasu ka
クレジットカードは使えますか？
Kadeu gyeoljedwaeyo
카드 결제돼요?

CHAPTER **5** 與管理團隊溝通的實用句子

450
可以退款嗎？
Haraimodoshi wa arimasu ka
払い戻しはありますか？
Hwanbuldwaeyo
환불돼요？

451
有安排補演的計劃嗎？
Furikae kouen no yotei wa arimasu ka
振替公演の予定はありますか？
Jaegongyeon yejeongeun innayo
재공연 예정은 있나요？

452
日本的粉絲俱樂部什麼時候會成立？
Nihon no fan kurabu wa itsu kaisetsu saremasu ka
日本のファンクラブはいつ開設されますか？
Ilbon paenkeulleobeun eonje gaeseoldwaeyo
일본 팬클럽은 언제 개설돼요？

▶ 註：可將「日本」（日本）替換成臺灣「대만（Daeman）」。

453
有專門讓日本人參加的節目觀賞行程嗎？
Nihonjin muke no bangumi kanran tsuaa wa arimasu ka
日本人向けの番組観覧ツアーはありますか？
Ilbonin daesangbangcheongtueoneun eopseoyo
일본인 대상 방청 투어는 없어요？

▶ 「節目觀賞」在韓國叫做「방청（bangcheong）」。直譯是「旁聽」。詳見 p.24。
　註：可將「日本人」（日本人）替換成臺灣人「대만인（Daemanin）」。

454
MV什麼時候公開？
Emubui wa itsu koukai saremasu ka
MVはいつ公開されますか？
Myubineun eonje gonggaedwaeyo
뮤비는 언제 공개돼요？

455
通訊中斷無法收看直播。該怎麼辦才好呢？
Tsushin shougai de haishin ga shichou dekimasen deshita. Dou sureba ii desu ka
通信障害で配信が視聴できませんでした。どうすればいいですか？
Tongsin jangaero bangsong sicheong mot haesseoyo. Eotteoke hamyeon dwaeyo
통신 장애로 방송 시청 못 했어요. 어떻게 하면 돼요？

▶ 表達「做不了」或「做不到」時，可以在動詞前加上「못（mot）」來表示。

456
視訊通話的時候聽不到聲音。該怎麼辦才好呢？
Yonton chuu ni oto ga kikoemasen deshita. Dou sureba ii desu ka
ヨントン中に音が聴こえませんでした。どうすればいいですか？
Yeongtong junge soriga an deullyeotseumnida. Eotteoke hamyeon dwaeyo
영통 중에 소리가 안 들렸습니다. 어떻게 하면 돼요？

457
周邊會重新販售嗎？
Guzzu no saihan wa arimasu ka
グッズの再販はありますか？
Gutjeuneun jaepanmae an hamnikka
굿즈는 재판매 안 합니까？

148

CASE2 ／ 洽詢

458
一個人最多幾個？
Hitori nanko made desu ka
1人何個までですか？
Han myeonge myeot gaekkajiyeyo
한 명에 몇 개까지예요？

459
有沒有已經賣完的商品呢？
Sudeni urikireta guzzu wa arimasu ka
すでに売り切れたグッズはありますか？
Han pumjeoldoen gutjeuga innayo
이미 품절된 굿즈가 있나요？

460
抽籤需要號碼牌嗎？
Kuji ni wa seiriken ga hitsuyou desu ka
くじには整理券が必要ですか？
Ppopgineun beonhopyoga piryohangayo
뽑기는 번호표가 필요한가요？

▸「號碼牌」是「번호표（beonhopyo）」。

461
這些周邊是隨機的嗎？
Kono guzzu wa randomu desu ka
このグッズはランダムですか？
I gutjeuneun raendeomingayo
이 굿즈는 랜덤인가요？

462
這些周邊有幾種？
Kono guzzu wa nan shurui aru n desu ka
このグッズは何種類あるんですか？
I gutjeuneun myeot jongnyu innayo
이 굿즈는 몇 종류 있나요？

463
這個周邊是限定現場購買的嗎？
Kono guzzu wa kaijou gentei desu ka
このグッズは会場限定ですか？
I gutjeuneun hyeonjang gumae hanjeongieyo
이 굿즈는 현장 구매 한정이에요？

▸「현장 구매（hyeonjang gumae）」是「現場購買」，「한정（hanjeong）」是「限定」。

464
這個周邊以後可以在網路上購買嗎？
Kono guzzu wa ato kara netto de mo kaemasu ka
このグッズは後からネットでも買えますか？
I gutjeuneun najunge inteoneseseodo sal su isseoyo
이 굿즈 나중에 인터넷에서도 살 수 있어요？

465
商品還沒到。什麼時候出貨的呢？
Shouhin ga todokimasen. Itsu hassou shimashita ka
商品が届きません。いつ発送しましたか？
Sangpumi an oneyo. Eonje balsonghaesseoyo
상품이 안 오네요．언제 발송했어요？

▸「大概什麼時候會到呢？」是「언제쯤 도착할까요？（eonjjjeum dochakalkkayo）」。

CHAPTER 5 與管理團隊溝通的實用句子

CASE 3

感謝與慰勞

最想傳達給為偶像和粉絲們日以繼夜努力工作的經營團隊的，是一份深深的感謝之情。

供給量太多、太幸福了。

Kyoukyuu ryou ga oosugite shiawase desu
供給量が多すぎて幸せです。

466

Tteokbabi　　　neomu　　　manaseo　　　haengbokaeyo
떡밥이 너무 많아서 행복해요.

「떡밥（tteokbap）」原本是釣餌的一種，也就是所謂的「練餌」。之後引伸為「吸引人們注意的資訊或作品」。「너무（neomu）是「很、非常」，「많아서（manaseo）」是「多」，「행복해요（haengbokaeyo）」是「幸福、快樂」的意思。除了「너무」，也可以用正式場合或強調語氣時常用的「정말（jeongmal，確實）」或較為口語的「진짜（jinjja，真的）」。

150

CASE3 ／ 感謝與慰勞

467
神級作品來了！
Kami kontentsu kita
神コンテンツきた！
Gatkeontencheu deungjang
갓컨텐츠 등장！

▶「갓（gat）」是英語「god」的韓語音譯，意指「神」。只要放在單詞前面，就可以用來表示「很了不起」。

468
管理團隊，您動作也太快了吧！
Unei-san, shigoto hayai
運営さん、仕事早い！
Unyeongja nim, il cheori ppareuneyo
운영자 님, 일 처리 빠르네요！

469
管理團隊您實在是太優秀了……
Unei-san, yuushuu sugiru
運営さん、優秀すぎる…
Unyeongja nim, jinjja neungnyeokjayeyo
운영자 님, 진짜 능력자예요…

▶「능력자（neungnyeokja）」意思是「高手」，是稱讚有能力及優秀的人時經常使用的詞。

470
管理團隊還真是了解偶像迷的心……
Unei, otaku no kokoro wakatteru
運営、オタクの心わかってる…
Unyeongjini deoksimeul jal ane
운영진이 덕심을 잘 아네...

▶「덕심（deoksim）」是將意指「御宅族」的「덕（deok）」和意指「心」的「심（sim）」（音讀）組合起來的詞。

471
管理團隊中有真正的偶像迷吧？
Unei ni binwan otaku iru yo ne
運営に敏腕オタクいるよね？
Unyeongjine jjindeokhuga itjiyo
운영진에 찐덕후가 있지요？

472
我會一輩子追隨管理團隊的。
Unei-san ni isshou tsuite ikimasu
運営さんに一生ついていきます。
Unyeongja nim pyeongsaeng ttareugetseumnida
운영자 님 평생 따르겠습니다．

473
辛苦了。
Otsukaresama desu
お疲れ様です。
Sugohasyeotseumnida
수고하셨습니다．

474
請不要太勉強自己。
Amari muri shinaide kudasai ne
あまり無理しないでくださいね。
Neomu murihaji maseyo
너무 무리하지 마세요．

CHAPTER 5 與管理團隊溝通的實用句子

151

475
在回歸前如此忙碌的時刻謝謝您！
Kamuba mae de oisogashii naka, arigatou gozaimasu
カムバ前でお忙しい中、ありがとうございます！
Keombaek jeonira bappeul tende gamsahamnida
컴백 전이라 바쁠 텐데 감사합니다！

▶「감사합니다（gamsahamnida）」的意思是「感謝」。向上司或前輩表達感謝時最基本的表達方式。

476
我抽到好位子了！感謝感謝！
Ryouseki ga atarimashita！ Arigatou gozaimasu
良席が当たりました！ありがとうございます！
Joeun jari dangcheomdwaesseoyo！ gamsagamsa
좋은 자리 당첨됐어요！감사감사！

▶「감사감사（gamsagamsa）」是「感謝」重複兩次的說法。出自網路世界的俚語，近來在生活對話中也開始出現。

477
感謝您延期而不是取消。
Chuushi dewa naku enki ni shite kudasari, arigatou gozaimasu
中止ではなく延期にしてくださり、ありがとうございます。
Chwisohaji anko yeongihae jwoseo gamsahaeyo
취소하지 않고 연기해 줘서 감사해요．

▶ 意指「感謝」的「감사해요（gamsahaeyo）」也是敬語，但口氣比「감사합니다（gamsahamnida）」稍微隨和。

478
感謝你們提供握手會取消的補償活動。
Chuushi ni natta akushukai no furikae, arigatou gozaimasu
中止になった握手会の振替、ありがとうございます。
Chwisodoen aksuhoe jaegae, gomawoyo
취소된 악수회 재개, 고마워요．

▶「고마워요（gomawoyo）」是一種在親友之間或一般場合中使用的感謝詞。

479
感謝您長久以來為粉絲帶來快樂。
Itsumo fan wo tanoshimasete kurete, arigatou gozaimasu
いつもファンを楽しませてくれて、ありがとうございます。
Neul paeneul jeulgeopge hae jwoseo gomawoyo
늘 팬을 즐겁게 해 줘서 고마워요．

480
感謝您珍惜日本的粉絲。
Nihon no fan mo taisetsu ni shite kurete, arigatou gozaimasu
日本のファンも大切にしてくれて、ありがとうございます。
Ilbon paendo sojunghi yeogyeo jwoseo gamsahaeyo
일본 팬도 소중히 여겨 줘서 감사해요．

▶ 註：可將「일본」（日本）替換成臺灣「대만（Daeman）」。

481
很高興您加上了日語的主題標籤。
Nihongo no hasshutagu wo tsukete kurete ureshii desu
日本語のハッシュタグをつけてくれて嬉しいです。
Ireo haesitaegeureul dara jwoseo gippeoyo
일어 해시태그를 달아 줘서 기뻐요．

▶ 註：可將「일어」（日語）替換成中文「중국어（junggukeo）」。

482
完全被這次的概念圈粉了！
Konkai no konseputo, saikou desu
今回のコンセプト、最高です！
Ibeon keonsep choego
이번 컨셉 최고！

▶ 意指專輯或團體世界觀的「概念」韓語的正確寫法是「콘셉트（konsepteu）」，但也有人寫「컨셉（keonsep）」。

152

CASE3 ／ 感謝與慰勞

483
這次造型的帥氣值爆表了！
Konkai no sutairingu, chou iketemasu
今回のスタイリング、超イケてます！
Ibeon seutailling meotjim pokbarimnida
이번 스타일링 멋짐 폭발입니다！

▶「멋짐 폭발（meotjim pokbal）」直譯就是「帥氣爆發」。

484
把這個當作縮圖實在是太有品味了！
Kore wo samune ni suru nante, sensu arisugimasu
これをサムネにするなんて、センスありすぎます！
Igeol seomneillo hadani senseu manjeom
이걸 섬네일로 하다니 센스 만점！

485
周邊產品的設計正在進化！
Guzzu no dezain ga shinka shiteru
グッズのデザインが進化してる！
Gutjeu dijaini jinhwahaetda
굿즈 디자인이 진화했다！

486
粉絲俱樂部的特典收到了！感謝感謝！
Fan kurabu tokuten ga todokimashita Arigatou gozaimasu
ファンクラブ特典が届きました！ありがとうございます！
Paenkeulleop kiteuga wasseoyo Gamsagamsa
팬클럽 키트가 왔어요！감사감사！

487
感謝您與所有成員續約！
Menbaa zen'in to no saikeiyaku teiketsu, arigatou gozaimasu
メンバー全員との再契約締結、ありがとうございます！
Membeo jeonwon jaegyeyak wallyo, gamsahamnida
멤버 전원 재계약 완료, 감사합니다！

▶「재계약（jaegyeyak）」是「續約」,「완료（wallyo）」是「完成」。

488
經紀公司的聲明充滿了愛，非常了不起。
Jimusho no komento ni mo ai ga afurete ite subarashii desu
事務所のコメントにも愛があふれていてすばらしいです。
Sosoksa ipjangmunedo aejeong deumppuk, daedanhaeyo
소속사 입장문에도 애정 듬뿍, 대단해요．

▶「입장문（ipjangmun）」的漢字是「立場文」。是用來說明當前情況的正式文件。

489
今後也請多多支持〇〇（團體名）。
Kore kara mo 〇〇 guruupu mei wo yoroshiku onegaishimasu
これからも〇〇（グループ名）をよろしくお願いします。
Apeurodo 〇〇 jal butakamnida
앞으로도 〇〇 잘 부탁합니다．

490
讓〇〇（團體名）一起走向世界舞台吧！
〇〇 guruupu mei wo issho ni sekai e tsurete ikimashou
〇〇（グループ名）をいっしょに世界へ連れていきましょう！
〇〇 reul / eul hamkke segye mudaero derigo gayo
〇〇를／을 함께 세계 무대로 데리고 가요！

▶ 韓語中用來指稱受詞的助詞「～를／을」通常會根據前面的詞來區分使用。前面的詞如果是母音結尾（無收尾音）的話要用「를（reul）」，子音結尾（有收尾音）的話要用「을（eul）」。

CHAPTER 5 與管理團隊溝通的實用句子

正式電子郵件的寫法

介紹向管理團隊提出意見、需求或查詢時電子郵件的正式寫法。

主 題　　　　　商品交換請求 ❶

敬啟者

您好。❷ 我叫▲▲。

寫這封郵件是想要請教有關周邊產品的問題。

x月xx日我在網路商店
訂購了OO（偶像名）的收藏卡。

明明應該有7片一包，但裡面卻只有5片。

而且卡片的表面也有刮痕。

可以換貨嗎？ ❸

我的訂單號碼是xxxx-xxxxxx。

附上收到的商品照片供參考。

後續就麻煩您了。 ❹

▲▲

---

xxx-xxxx-xxxx
xxx@xxxmail.com
‧‧‧

件名　　　　　グッズの交換依頼　❶

ご担当者さま

お世話になっております。▲▲と申します。❷

グッズに関してお伺いしたいことがあり、メールをお送りしました。

x月xx日にオンラインショップでOO（アイドル名）のトレーディングカードを注文しました。

しかし、1パック7枚入りのはずが、5枚しか入っていませんでした。

また、カードの表面に傷がついていました。

新しい商品に交換していただけますでしょうか。❸

注文番号はxxxx-xxxxxxです。

ご参考までに、届いた商品の写真を添付します。

それでは、どうぞよろしくお願いいたします。❹

▲▲より

xxx-xxxx-xxxx
xxx@xxxmail.com
…

제목	**굿즈 교환 요청드립니다** ❶

담당자님

안녕하세요. ❷ 저는 ▲▲ 라고 / 이라고 합니다.

굿즈와 관련해 물어보고 싶은 것이 있어 메일을 보냅니다.

x 월 xx 일에 온라인 쇼핑몰에서
OO 트레이딩 카드를 주문했습니다.

그런데 1 팩에 7 장짜리를 주문했는데 5 장밖에 없었습니다.

그리고 카드 앞면에 홈집이 있습니다.

새 제품으로 교환해 주시기 바랍니다. ❸

주문 번호는 xxxx-xxxxxx 입니다.

참고로 배송 받은 제품 사진을 첨부합니다.

그럼 잘 부탁드리겠습니다. ❹

▲▲ 드림

xxx-xxxx-xxxx
xxx@xxxmail.com
···

POINT

❶ 請在的主題中明確寫出這封電子郵件的宗旨。委託的話寫「요청드립니다（yocheongdeurimnida）」；若是詢問，請寫「문의드립니다（munuideurimnida）」。

❷ 在電子郵件的開頭用意指「您好」的「안녕하세요（annyeonghaseyo）」。最後不要忘記寫上名字。

❸ 信件內容盡量針對重點，簡明闡述。如果是關於周邊的洽詢，附上商品的照片可讓溝通更加順暢。

❹ 在信件的最後可以寫上「그럼 잘 부탁드리겠습니다。（geureom jal butakdeurigetseumnida，那麼就麻煩您了。）」或是「감사합니다（gamsahamnida，謝謝）」等語句。

CHAPTER

6

去韓國時的實用句子

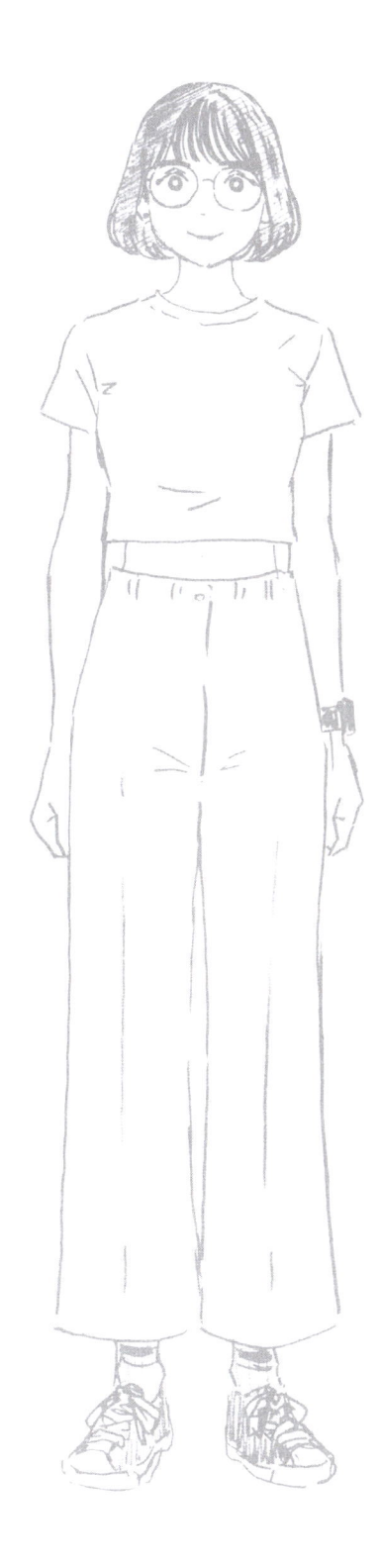

CASE 1

與會場的工作人員溝通

這一節整理了一些在演唱會、戲劇及運動比賽等場合上,與工作人員交流時可以派上用場的句子。

還有現場票嗎?/今天還有票可以買嗎?

当日券はまだありますか?
Toujitsuken wa mada arimasu ka

491

당일 티켓 아직 있어요?
Dangil tiket ajik isseoyo

「現場票」的韓語是「당일 티켓(dangil tiket)」。戲劇或音樂劇的當日票有時會因為打折而較為便宜。順便一提,「券」也可以說成「권(gwon)」,像「당일권(dangilgwon)」就是指在遊樂園使用設施或服務時的「一日券」。

CASE1 ／ 與會場的工作人員溝通

492
我要兩張S席座位。
S seki ni mai kudasai
S席2枚ください。
S seok du jang juseyo
S석 두 장 주세요.

▶ 購票時要使用固有數詞（p.189）。1張是「한 장（han jang）」,3張是「세 장（se jang）」

493
這是在排什麼呢？
Kore wa nan no retsu desu ka
これは何の列ですか？
Igeon museun jurieyo
이건 무슨 줄이에요？

494
這是隊伍的最後面嗎？
Koko ga saigobi desu ka
ここが最後尾ですか？
Yeogiga jul maen kkeusieyo
여기가 줄 맨 끝이에요？

495
這個座位在哪裡呢？
Kono seki wa doko desu ka
この席はどこですか？
I jarineun eodiyeyo
이 자리는 어디예요？

496
可以使用 Wi-Fi 嗎？
Waifai wa tsukaemasu ka
Wi-Fiは使えますか？
Waipai sayonghal su isseoyo
Wi-Fi 사용할 수 있어요？

▶「Wi-Fi 的密碼是多少？」是「Wi-FI 비번이 뭐예요？（Waipai bibeoni mwoyeyo）」。

497
洗手間在哪裡？
Otearai wa doko desu ka
お手洗いはどこですか？
Hwajangsiri eodiyeyo
화장실이 어디예요？

▶「화장실（hwajangsil）」直譯是「化妝室」。

498
有寄放行李的地方嗎？
Nimotsu wo azukeru tokoro wa arimasu ka
荷物を預けるところはありますか？
Jim matgineun gosi isseoyo
짐 맡기는 곳이 있어요？

499
可以拍照嗎？
Shashin wo totte mo ii desu ka
写真を撮ってもいいですか？
Sajineul jjikeodo dwaeyo
사진을 찍어도 돼요？

▶「-아／어도 돼요？（-a/eodo dwaeyo）」的意思是「可以～嗎？」徵求許可的時候可以使用。

CHAPTER 6 去韓國時的實用句子

159

CASE 2

與當地的粉絲交流

與坐在隔壁的粉絲說不定會因為某個小小的契機而聊得特別開心喔!

你是誰的粉絲呢?

Dare no fan desu ka
誰のファンですか?

500

Nugu　　　paenieyo
누구 팬이에요?

對方如果是初次見面而且不知道名字的人,往往會想要用意指「你」的「당신(dangsin)」來稱呼,但是這個字在韓語中主要用於年長夫婦之間,因此在這樣的情況之下使用會顯得很不自然,<u>不如像例句中那樣省略主詞「你」,這樣說話會比較自然</u>。 開頭用「저기요(jeogiyo)」,也就是「那個,不好意思」來引起對方注意也是個不錯的選擇。

CASE2 ／ 與當地的粉絲交流

501
我是○○的粉絲。
Watashi wa ○○ no fan desu
私は○○のファンです。
Jeoneun ○○ paenieyo
저는 ○○ 팬이에요.

502
你從什麼時候開始應援的？
Itsu kara ouen shite iru no desu ka
いつから応援しているのですか？
Eonjebuteo eungwonhaesseoyo
언제부터 응원했어요?

503
我從五年前就開始應援。
Watashi wa go nen mae kara ouen shite imasu
私は5年前から応援しています。
Jeoneun onyeon jeonbuteo eungwonhago isseoyo
저는 5년 전부터 응원하고 있어요.

504
很期待耶！
Tanoshimi desu ne
楽しみですね！
Gidaedoeneyo
기대되네요！

▶ 直譯就是「讓人期待呢。」可以在前面加上意指「今後」的「앞으로（apeuro）」，或者是「非常」的「너무（neomu）」。

505
會緊張耶。
Dokidoki shimasu ne
ドキドキしますね。
Dugeundugeunhaneyo
두근두근하네요.

▶ 句尾的「-네요（neyo）」是感嘆或驚訝的表達方式，相當於中文的「～呢、～啊」。

506
要不要在回去的路上順便去吃個飯呢？
Kaeri ni o shokuji shimasen ka
帰りにお食事しませんか？
Doraganeun gire siksarado halkkayo
돌아가는 길에 식사라도 할까요?

▶ 邀請對方時可以用「-(으)ㄹ까요?（-(eu)lkkayo?）」，意思是「要不要～呢？」

507
我們來交換聯絡方式吧？
Renrakusaki wo koukan shimasen ka
連絡先を交換しませんか？
Yeollakcheo gyohwanhalkkayo
연락처 교환할까요?

508
很高興和你聊天。
Ohanashi dekite tanoshikatta desu
お話しできて楽しかったです。
Yaegi nanwoseo jeulgeowosseoyo
얘기 나눠서 즐거웠어요.

CASE 3

觀光

只要記住這些句子,其他就可以靠比手劃腳來解決!

請問要怎麼去○○呢?

OO made dou yatte ikimasu ka
○○までどうやって行きますか?

509

OO　　kkaji　　　eotteoke　　gayo
○○까지 어떻게 가요?

這是韓國人問路的時候最常用的句子。「-까지(~ kkaji)」的意思是「到~」,「어떻게(eotteoke)」是「如何」,「가요(gayo)」的意思是「去」。大多數的韓國人都非常親切,所以看地圖或應用程式時還是找不到路的話,不妨試著這樣問他們吧。

CASE3 ／ 觀光

510
（向計程車司機說）我要去〇〇。
Takushii no untenshu ni　　　〇〇 made onegaishimasu
（タクシーの運転手に）〇〇までお願いします。
〇〇　　kkaji　　butakamnida
〇〇까지 부탁합니다．

▶ 一邊稱呼司機「기사님（gisanim）」，一邊出示目的地的地圖或地址，這樣會更順利。

511
〇〇在哪裡？
〇〇 wa doko desu ka
〇〇はどこですか？
〇〇　neun / eun　　eodiyeyo
〇〇는/은 어디예요？

▶ 韓語中用來指稱主題的助詞「～는/은（～neun/eun）」通常會根據前面的詞來區分使用。前面的詞如果是母音結尾（無收尾音）的話要用「는（neun）」，子音結尾（有收尾音）的話「은（eun）」。

512
我要到哪裡轉車呢？
Doko de norikaereba ii desu ka
どこで乗り換えればいいですか？
Eodieseo　　garatamyeon　dwaeyo
어디에서 갈아타면 돼요？

▶ 韓國大眾運輸的路線圖中，換乘站會標示太極圖案。

513
這個多少錢？
Kore wa ikura desu ka
これはいくらですか？
Igeon　　eolmayeyo
이건 얼마예요？

▶ 詢問價格時，通常會用「大概多少錢？」也就是「얼마나 해요（eolmana haeyo）」這個句子來表達。

514
（在餐飲店）請給我菜單。
Inshokuten nite　　Menyuu hyou wo kudasai
（飲食店にて）メニュー表をください。
Menyupan　juseyo
메뉴판 주세요．

▶ 最近有越來越多店家開始使用「自助點餐機」，韓語是「키오스크（kioseukeu）」。

515
推薦的菜色是什麼？
Osusume wa nan desu ka
おすすめは何ですか？
Chucheon menyuneun　mwoyeyo
추천 메뉴는 뭐예요？

516
內用。
Tennai de　　Tabete ikimasu
（店内で）食べていきます。
Meokgo　galgeyo
먹고 갈게요．

517
我要外帶。
Mochikaeri ni shite kudasai
持ち帰りにしてください。
Pojanghae　juseyo
포장해 주세요．

▶ 「포장（pojang，帶走）」這個說法比「테이크아웃（teikeuaut，外帶）」還要較普遍。寫成漢字是「包裝」。

163

韓國的交通與購物

接下來要介紹韓國特有的交通、購物情況以及實用的句子。

● 適合初學者的地鐵

行駛於首爾和釜山等城市的地鐵每 5 到 10 分鐘一班，對於觀光客來說非常便利。此外，路線公車的班次也不少，而且還有專用車道，其實不太需要擔心塞車問題，但比較困擾的一點，就是沒有日語廣播。對不熟悉的人來說門檻說不定會有點高。

最近的車站在哪裡？

Jeil　 gakkaun　 yeogi　　 eodiyeyo
제일 가까운 역이 어디예요 ?

● T-money 卡是必備品。

到韓國旅遊不可或缺的交通 IC 卡就是「T-money 卡」。空卡價格為 3,000 韓幣（最少加值 1,000 韓幣），搭乘地鐵和巴士時刷這張卡能享有優惠，比付現還要划算。不僅如此，用途廣泛的 T-money 卡從搭乘計程車到使用置物櫃，甚至參觀美術館都能使用，建議您一抵達韓國，就立即在機場的便利商店購買一張。

我要 T-money 卡。

Timeoni 　　 kadeu　　 juseyo.
T-money 카드 주세요 .

● 不知道會吃虧——退稅

外國觀光客在購物時支付的金額中，附加價值稅的部分可以退還，這就是所謂的退稅服務（Tax Refund）。重視觀光業的韓國非常積極地推行退稅政策，但需要達到「購買金額超過 1 萬 5 千韓幣（2024 年以前為 3 萬元韓幣）」這個條件才行。在各商店結帳時需出示護照，並且索取專用的文件和收據，這樣才能辦理退稅。

請開立退稅收據。

Taekseu　 ripeondeu　 yeongsujeung　 balgeupae　　 juseyo.
택스 리펀드 영수증 발급해 주세요 .

※ 以上內容已更新至 2024 年，詳細資訊請參閱相關網站或旅遊手冊。

CHAPTER 7

告訴我！

韓國娛樂追星小故事

座談会

劇團雌貓和韓國娛樂迷的座談會

韓國特有的追星文化是什麼？在本命類別中經常使用的韓語有哪些？為了幫大家解惑，我們這次特地邀請三位在韓國展開追星活動御宅族朋友。本書的監修者——宅女團體‧劇團雌貓會不斷地提出大家感興趣的問題！

參加座談會的成員

水獺　　綠龜　　兔子

我們的本命是〇〇！

——大家好！先請你們自我介紹一下。

水獺　我是因為 13 人男團 SEVENTEEN 而開始喜歡 K-POP 的。最近六人男子團體 ASTRO 的 Rocky 也是我的本命。在這場座談會的五天前，我時隔兩年半去了韓國。

🐢 **綠龜** 其實我也很喜歡 SEVENTEEN！在母親的影響之下，我從小就是聽 SHINee 的歌長大的，並且懷著想用韓語和本命交流的心，特地選了一所可以交換學生的韓國大學。雖然我的留學時間因為疫情影響而縮短為半年，但夢想中的韓國生活簡直和天堂一樣美好。

🐰 **兔子** 我和你們兩個不一樣，我喜歡韓國的花式滑冰選手。我支持日本國內外的溜冰選手已經超過十年了，但在 2018 年的平昌冬奧時卻迷上了韓國的溜冰選手……。之後我還遠征到一些日本粉絲幾乎不會去的韓國鄉下地方去看比賽呢（笑）

—— 竟然有兩個 CARAT（克拉，SEVENTEEN 的粉絲團名）！太令人訝異了！那應該可以聽到三種不同風格的趣事。

推活文化深入街頭的國家，韓國

—— 那我們就立刻進入主題吧。綠龜，你說你曾經到韓國留學，那麼在韓國生活的時候有什麼讓你感到驚訝的事呢？

🐢 **綠龜** 讓身為一個活躍於日本其他次文化御宅族的我感到驚訝的是，追星文化在韓國早已成為日常生活的一部分。例如，韓國偶像的粉絲會集資租下咖啡店，分發杯套，為本命舉辦慶生活動，還會在車站或公車站牌買廣告。最近日本的粉絲也開始舉辦類似的活動。但在韓國即便不是追星族，一般客人也會在活動期間到以偶像為主題的咖啡廳。另外，在日本通常會放企業廣告的地方，但在韓國卻是每天展示著偶像的照片，這些都讓我感到格外新鮮。

——的確，日本可能還看不到這樣的光景。水獺在接觸韓國的追星文化時，有遇到什麼令人印象深刻的事情嗎？

水獺　應該是本命與粉絲之間近距離感吧。在新冠疫情爆發之前，我去韓國觀賞了一部音樂劇，叫做《Thrill Me》。這場演出是在韓國大學路(대학로)，也就是像日本下北澤那樣演劇街的小劇場裡進行的。演出結束後，場外聚集了一群人。當我在附近觀察時，沒想到主演的演員竟立刻從後門出來，與粉絲們聊了大約10分鐘，而且還與他們合影。

——簡直就像是迷你粉絲見面會嘛……！兔子的花式滑冰界呢？

兔子　韓國偶像的粉絲中有一群人稱為「站姐」，她們會用專業的攝影器材拍下偶像參加活動或移動時的照片，並在社群媒體或部落格上與大家分享。而溜冰迷中也有不少人是站姐出身呢。所以我們可以欣賞到一些不同於專業體育攝影師的作品、堪稱偶像等級的美麗照片(笑)。而剛才提到的生日廣告及杯套活動也有粉絲會策劃。

——偶像圈和溜冰圈有很多共同點呢！

引發熱烈討論的話題居然是「松本潤」和「石原聰美」！？

——綠龜你交換學生的時候有交到朋友嗎？

綠龜　我和宿舍同房的韓國姐姐很要好。姐姐在珍珠奶茶店打工，所以只要有粉絲在店裡為偶像舉辦慶生活動她都會拍照給我看。聽

說店裡舉辦 BTS 的生日活動時，每個人都忙得焦頭爛額，真的很辛苦呢！

──想要舉辦生日活動，就不能沒有店員們的支持……！和韓國朋友聊天果然還是要靠偶像話題才聊得起來，是嗎？

綠龜 不，不是那樣。可能因為我是日本人的關係吧。與其討論當地文化，大家反而比較常問我有關日本文化的事，這點連我自己也很意外。我留學的時候，韓國正好在流行日本的電視劇《失戀巧克力職人》，所以松本潤和石原聰美在當地都相當受歡迎。每次去聚會都會有人問「你認識 JUN 嗎？」「你知道 SATOMI 嗎？」而且還被問了一堆問題呢（笑）。

──我聽說日本的電視劇《孤獨的美食家》在韓國也很受歡迎。正如韓國的作品在日本大受歡迎一樣，日本的作品在韓國要是受到注意，一定會讓人格外開心。
兔子也有機會和韓國的溜冰迷交談嗎？

兔子 當然有。日本和韓國的溜冰迷通常會在社群媒體上互相分享內容。在歐美舉辦的溜冰比賽中，若是看到從韓國來應援的人，通常會因為同樣來自亞洲而倍感親切，甚至一起觀看比賽。
在韓國的滑冰場上粉絲互相交換暖暖包已經是一個慣例了。韓國的氣溫本來就低，長時間待在溜冰場裡真的會很冷，所以給他們暖暖包當然會很開心（笑）。

──不愧是滑冰迷之間會送的 선물（seonmul，偶像迷之間的禮物）！

偶像的自創詞是加深粉絲羈絆的暗號

——我想知道各個類別中常用的韓語句子。

水獺 與本命 SEVENTEEN 的 JUN（文俊輝）視訊通話時，我會先準備個牌子，上面寫著：「OO 불러 주세요！(OO bulleo juseyo！OO 唱歌！)」「준의 노랫소리가 너무 좋아요 (junui noraetsoriga neomu joayo，我最喜歡 JUN 的歌聲了)」。這是我用各種翻譯網站勉強翻譯出來的，無法確定是否正確，所以在視訊的時候心情其實非常不安。當 JUN 非常努力地把我寫的內容唸出來，而且還唱歌給我聽時，心裡頭真的格外開心。那一刻是只有我和本命兩人、全世界最珍貴的單獨演唱會（哭）。

——對偶像迷來說，這真的是一個超級幸福而且奢侈的空間呢……！準備板子的行動力真的很棒。

綠龜 記住一般的句子固然重要，但用本命自創的流行語也十分有趣。像是 SEVENTEEN 的淨漢自創的「신기방기 뿡뿡방기 (shingibanggi ppoong ppoong banggi)」這個詞在偶像迷之間就很有名。這句話的意思是「非常神奇」，而且當時是透過 V LIVE 和 Weverse 等平台瞬間在其他 K-POP 偶像之間流傳開來。

水獺 原來還有這樣的事！（笑）提到偶像自創的詞，像 ASTRO 的文彬就創造了「오하고 (ohago)」這個詞。這是「오늘 하루도 고생했어요 (oneul harudo gosaenghaesseoyo)」的縮寫，意思是「今天也辛苦了」。只要使用這些偶像發明的詞，就可以在粉絲之間提高團隊意識。

——感覺就像是只有粉絲才懂的暗號，挺有趣的！

🐰 **兔子**　在滑冰場上或許有點老套,但粉絲在為選手加油時,通常會大喊「파이팅(paiting,加油)」。在拍選手的照片時,我也會忍不住一直說「귀여워(gwiyeowo,可愛)」!

—— gwiyeowo⋯⋯發音還真是可愛!這兩句話都很實用喔。

若想學些實用的韓語,綜藝節目會是個不錯的選擇。

—— 既然大家都是為了追星而學韓語,那有什麼好的學習方法可以推薦嗎?

🐰 **兔子**　花式滑冰比賽大多都是在歐美國家舉行,語言都是以英語為主,所以我的韓語水準在今天的來賓當中應該是最低的。但是當我遠征去看韓國當地的溜冰比賽時,不管是大會網站上的資訊還是當天會場的指引,寫的通通都是韓語。既然沒有日語或英語,那就得靠自己來。我有時會用韓國 NAVER 提供的 Papago 翻譯應用程式,學習韓語的話則是參考《用漫畫輕鬆學!1小時學會讀韓語字母》這本書。相當適合初學者閱讀,所以我會推薦給所有即將去韓國旅行的朋友。

🦦 **水獺** 🐢 **綠龜**　我也很喜歡用 Papago!

—— 在另外一本《推活讓世界更寬廣・英語篇》中,Google 翻譯頗受推崇,沒想到換個語言,受歡迎的應用程式竟然也會跟著改變。

🦦 **水獺**　我是透過觀看 SEVENTEEN 的官方 YouTube 節目《GOING SEVENTEEN》以及 Netflix 韓劇《機智醫生生活》,搭配日語字幕來提

升韓語聽力。實際去韓國的時候，卻時常聽不懂韓國店員在說什麼，因為他們的說話速度很快。所以我現在正在學習實用的韓語。

綠龜 想要聽懂真的很難……。我留學半年回來之後，雖然可以維持住閱讀和寫作的能力，但會話力卻大幅下降。話雖如此，我還是希望有一天能在韓國的簽名會上用韓語和本命交談，所以才會繼續學韓語。想要推薦給大家的作品是韓國綜藝節目《我們結婚了》的全球篇。這是一個藝人之間假結婚並共同生活的節目，像韓國 SHINee 的 Key（金起範）和日本模特兒八木亞里紗的那一回就有提供互譯，這對學習韓語很有幫助的。

──看電視劇或綜藝節目時，不僅可以當做作品來觀看，還能學到實用的韓語，這真的是一舉兩得。

雖然前往韓國的門檻仍然很高，但是...

──最後想要請你們以追星人及外語學習者的同好身分，向讀者朋友們說幾句話。

水獺 前幾天我時隔兩年半再次訪韓。不過，我是在尚未恢復免簽證旅遊的期間開始準備的，因此在簽證手續上花了一番功夫，再加上日圓貶值，機票和住宿全都上漲，所以出國旅遊真的很不容易。可是，能在當地觀賞我的本命 ASTRO‧Rocky（朴慜赫）首次主演的音樂劇時，突然覺得過去付出的辛苦是值得的。跟以前相比，這次的韓國之旅可以用韓語溝通也讓我很開心。正在猶豫要不要去韓國的人，不妨先好好考量當地的疫情，最好確認應對措施之後再去。

兔子 一開始我還擔心海外粉絲遠征到韓國國內大會看比賽的話，當地粉絲不知道會怎麼看待⋯⋯不過韓國人很親切，對我們也非常友善。受到疫情影響，我的本命在這長達兩年多的時間裡，部分競技活動被迫受到限制。為了不讓自己後悔，無論何時何地，我們都要全力應援本命！

綠龜 雖然今天我只聊到留學時的經驗，但其實我在出國前韓語就已經有了一些基礎。人在日本也是可以學韓語的，並且我相信哪天在與本命溝通的時候一定會派上用場的。

——謝謝你們給予讀者如此激勵人心的建議！

（收錄：2022年9月）

※ 韓國的新冠疫情以及簽證、匯率等資訊均為座談會錄製時的內容。在出發前，請在外交部或駐日韓國大使館的網站上確認最新資訊。

QUESTIONNAIRE

> 詢問了100位御宅族
>
> 韓國娛樂追星情況

除了在座談會中發言的三位宅友之外,還邀請了100位日韓御宅族參加問卷調查。從方便追星的網路服務,到跨越國界的粉絲們之間令人熱血沸騰的故事,都會在這裡為大家介紹,就讓我們來看看那些充滿特色的精彩回答吧!

(2022年6～10月期間,網路問卷調查,共120人回答)

Q. 韓國文化中讓你應援及熱愛的事物是什麼?

(複數回答可)

最多的是「偶像‧藝人」(23%)。接下來是「電影‧戲劇」(21%)、「彩妝‧時尚」(13%)、「演員」與「美食‧甜點」並列(12%)。「其他」的細項也十分多樣化,包括「魔術」及「廣播」等!

類別	人
偶像‧藝人	96
電影‧戲劇	89
彩妝‧時尚	53
演員	49
美食‧甜點	49
文學(詩、小說、散文等等)	25

類別	人
藝術	14
漫畫‧動畫	13
音樂劇	10
搞笑	5
遊戲	4
其他	12

Q. 你在追星時使用的網路服務是什麼？

可以和本命聊天！？粉絲專屬社群媒體

獲得最多票數的是像 Weverse、bubble、UNIVERSE 等可以觀看 K-POP 藝人貼文和直播的平台。截至 2022 年為止，HYBE 旗下的 BTS 使用 Weverse，而 JYP Entertainment 旗下的 TWICE 則是使用 bubble 等，通常會根據藝人的所屬經紀公司使用不同的平台。其特色在於可以享受像是與本命單獨聊天的感覺，若是幸運，說不定真的會收到本人回覆喔。

日語也可以通！售票網站

韓國有幾個網站允許海外粉絲以原價購買韓國國內的活動或音樂會門票，其中長期受到支持的網站之一是支援日語的 Global INTERPARK。這是由韓國的網路購物專門企業 Interpark 所經營的。參加了抽選賽，最後在 Global INTERPARK 拿到了演員粉絲見面會的門票也是一段有趣的故事呢！

推薦的韓語學習內容

座談會上除了介紹翻譯應用程式 Papago，現場還有使用 NAVER 字典將韓語翻譯成日語的人，或是利用 YouTube 觀看本命的 Vlog 來學韓語的人。有的人甚至利用韓國公共廣播電視台 KBS 的免費應用程式「KBS KONG」來收聽廣播節目，藉此來鍛鍊韓語聽力的人。

Q. 曾經與韓國的本命交流過的人可以與我們分享經驗嗎？

貓熊　在韓國舉行的電影舞台問候活動中，我以**日韓粉絲俱樂部代表的身分**把花束送給我最喜歡的演員。能夠如此近距離見面真的很感動。

綾香　我去韓國參加的簽名會。本命不僅記得我，還問我「**什麼時候來韓國的？**」「**什麼時候回日本？**」

摩卡　聽演唱會時我站在第一排。當我**拿著自己製作的裝飾團扇時竟然得到了飯撒**！

jisoko　我認為年底的戲劇大獎我的本命可能會被提名，所以立刻飛去首爾。當我在會場外等待時，**他竟然向我揮手致意。**

空洞　視訊通話時，本命對我說「**○○！今天辛苦了**」。多虧了這句話，我才能繼續努力工作下去。

可愛　視訊通話的時候，雖然**我向本命說韓語，但是對方卻貼心地用日語回應**，這可能是常有的事。當我要求 Morning Call 服務時，對方並不是說「일어나(ireona)」，而是說「起床囉～」(笑)。

科姆　在 Weverse 看現場直播時，我的留言多次被本命看到，而且還得到了回覆。不過，**現場直播沒有字幕**，要是韓語不太好，那就連本命的回應也不會察覺到。看來只能努力啃韓語了⋯。

Q. 可以和大家分享與韓國或日本的御宅族交流時的趣聞嗎？

TSUNIU
我曾經一個人到首爾參加了演唱會，而且當時還不會說韓語。演唱會接近尾聲時，我的本命在舞台上不慎傷到腳。看著他拖著腳表演的樣子，我擔心得不得了。最後的 MC 他似乎在說明剛剛的情況，但我聽不懂，邊哭邊看。這時候旁邊的韓國粉絲用英文跟我說「他沒事的，不用擔心」。這份意外的溫柔讓我下定決心，認真學習韓語。

REKO
我現在三十幾歲，而在韓國的年輕人之間，平成初期時的日本文化和潮流最近突然變得超級受歡迎，根本沒想到和他們竟然聊得起來！(笑)

kei
我是在線上遊戲中與韓國玩家互動而建立了友誼關係。

來自韓國的컨츄리
演唱會的會場非常冷，所以我和坐在旁邊的日本粉絲一起共用毯子。

來自韓國的GirlFromMars
我去看演員朱智勳(주지훈)演出的音樂劇時，曾經和從日本來的粉絲一起喝咖啡、聊天。

來自韓國的짱이브
我和日本粉絲在 X(前身為 Twitter)上交換我推的六人女團 IVE 的資訊。

來自韓國的화화
在看動畫《名偵探柯南》時，如果有不懂的單詞，就會向日本朋友請教。

CHAPTER 7 韓國娛樂追星小故事

Q. 曾經因為追星活動而去韓國的人，可以與我們分享讓您印象深刻的事情嗎？

佐都子
BTS 原本想要爬山去看日出，卻臨時改看夕陽，結果不出所料，天黑之後大家全都被困在山上。幸好，這時候 一位住在附近的老奶奶幫了他們，甚至一路牽著他們的手，把他們送到了車站的月台。

渚
我去了本命在當練習生時常去的食堂，坐在他們當時常坐的位置，還點了他們那時候常吃的餐點。感覺自己好像穿越時空與本命有所連繫，令我感動不已。

艾麗
偶像或其家人經營的店在韓國也被視為聖地。像我就曾經去過東方神起前成員金在中開的咖啡廳，也去過金俊秀他爸爸經營的披薩店。

小舞
我曾經參加在韓國南部光州的簽名會，隔天一早搭 KTX（韓國高鐵）的首班車回到位在韓國北部的首爾參加音樂節目的錄影，行程緊湊但非常充實。而且還縱貫韓國。

安迪 G
在演唱會的會場上不知為何被誤認為是記者，當時還是練習生的孩子還過來跟我打招呼。後來看了電視才知道那個孩子已正式出道，心中感慨萬千。

ICHI
為了體驗韓國古裝劇中的王宮氛圍，我特地跑了景福宮、昌德宮和德壽宮。電視劇中的場景一一浮現在眼前。

※ 卷末的內容僅為座談會參加者及問卷回答者的個人觀點與經驗分享。對於文中介紹的服務使用或基於該資訊進行韓國旅行等活動而產生的任何損害，本公司概不負責。

CHAPTER

8

韓語的基本

韓語字母

「韓語字母」（한글，hangeul）是用來書寫韓語的文字。**與羅馬字相似，是由子音（k、s、t、n…）和母音（a、i、u、e、o…）組合起來的文字。** 一個文字基本上是「子音＋母音」的組合，但有時候會再加上一個子音。而最後的子音，則是稱為「收尾音」。

「子音＋母音」的組合

① 並排
細長型的母音要寫在子音的右側。

ga

② 直排
形狀扁平的母音要寫在子音下方。

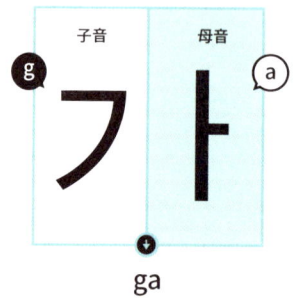

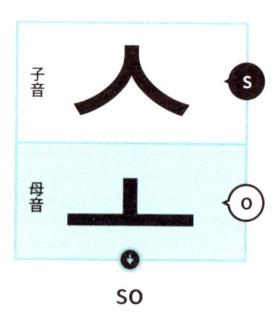

so

＊註：「ㄱ」在單詞開頭的發音接近 k，而在母音之後發音接近 g。韓文的平音容易受到語音環境的影響而變化發音。平音ㄱㄷㅂㅈ在單詞開頭的發音接近 k/t/p/ch，而在母音之後發音接近 g/d/b/j。為了防止混淆，本書 Ch1-7 根據韓國的羅馬拼音法統一寫成 ga/da/ba/ja。

「子音＋母音＋子音」的組合

① 並列＋收尾音
收尾音寫在「子音 母音」的下方。

bang

② 直排＋收尾音
收尾音寫在「子音 母音」的下方。

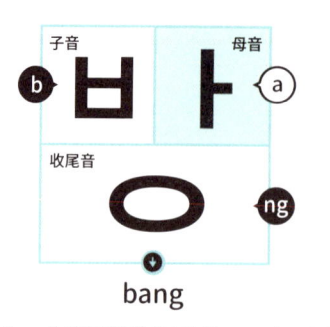

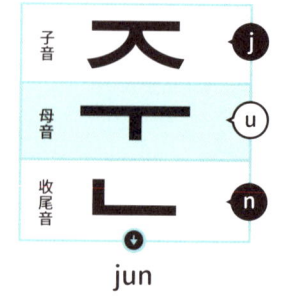

jun

＊註：「ㅂ」在單詞開頭的發音接近 p，而在母音之後發音接近 b。
　　「ㅈ」在單詞開頭的發音接近 ch，而在母音之後發音接近 j。

母音有兩種

韓語字母母音有 10 個「單母音」，以及由這些基本母音結合而成的 11 個「複合母音」。 母音單獨無法構成完整的文字，要結合表示無音的子音「ㅇ」才能確認發音。

＊註：將以注音符號做發聲標示。

基本母音

基本母音	與子音「ㅇ」組合之後……		
ㅏ	아	a	發音類似「ㄚ」。
ㅑ	야	ya	發音類似「ㄧㄚ」。
ㅓ	어	eo	以「ㄚ」的嘴型發出「ㄜ」的音。
ㅕ	여	yeo	以「ㄧㄚ」的嘴型發出「ㄧㄜ」的音。
ㅗ	오	o	噘起嘴巴，發出「ㄛ」的音。
ㅛ	요	yo	噘起嘴巴，發出「ㄧㄡ」的音。
ㅜ	우	u	噘起嘴巴，發出「ㄨ」的音。
ㅠ	유	yu	噘起嘴巴，發出「ㄧㄨ」的音。
ㅡ	으	eu	以「ㄧ」的嘴型發出「ㄨ」的音（發音與「ㄩ」相似）。
ㅣ	이	i	發音為「ㄧ」。

複合母音

複合母音	與子音「ㅇ」組合之後……		
ㅐ	애	ae	發音為「ㄝ」。
ㅒ	얘	yae	發音為「ㄧㄝ」。
ㅔ	에	e	發音為「ㄟ」。發音與「애」（ㄝ）幾乎一樣。
ㅖ	예	ye	發音為「ㄧㄟ」。發音與「얘」（ㄧㄝ）幾乎一樣。
ㅘ	와	wa	發音為「ㄨㄚ」。噘起嘴巴之後迅速發出「ㄚ」的音是關鍵。
ㅙ	왜	wae	發音為「ㄨㄝ」。
ㅚ	외	oe	發音為「ㄨㄟ」。
ㅝ	워	wo	發音為「ㄨㄛ」。噘起嘴巴之後迅速發出「ㄛ」的音是關鍵。
ㅞ	웨	we	發音為「ㄨㄟ」。發音與「왜」、「외」、「웨」幾乎一樣。
ㅟ	위	wi	發音為「ㄨㄧ」。
ㅢ	의	ui	嘴巴拉一直線發出「ㄩㄧ」的音。

子音有三種

韓文的子音包括基本的「平音」10個、「激音」4個和「硬音」5個。子音本身無法形成完整的文字，因此我們搭配母音「ㅏ（a）」來確認發音。

＊註：將以注音符號做發聲標示。

平音

「ㄱ、ㄷ、ㅂ、ㅈ」在單詞的第二個字母以後有時會變成濁音。

平音			與母音「ㅏ（a）」結合時……
ㄱ	가	ga	在單詞開頭的發音接近「ㄎㄚ（ka）」但送氣較弱；而在母音後，發音接近「ㄍㄚ（ga）」且為有聲音而非無聲音。
ㄴ	나	na	發音為「ㄋㄚ（na）」。
ㄷ	다	da	在單詞開頭的發音接近「ㄊㄚ（ta）」但送氣較弱；而在母音後，發音接近「ㄉㄚ（da）」且為有聲音而非無聲音。
ㄹ	라	ra	發音為「ㄌㄚ（ra）」。
ㅁ	마	ma	發音為「ㄇㄚ（ma）」。
ㅂ	바	ba	在單詞開頭的發音接近「ㄆㄚ（pa）」但送氣較弱；而在母音後，發音接近「ㄅㄚ（ba）」且為有聲音而非無聲音。
ㅅ	사	sa	發音為「ㄙㄚ（sa）」。
ㅇ	아	a	發音為「ㄚ（a）」。
ㅈ	자	ja	在單詞開頭的發音接近「ㄑㄧㄚ（cha）」但送氣較弱；而在母音後，發音接近「ㄐㄧㄚ（ja）」且為有聲音而非無聲音。
ㅎ	하	ha	發音為「ㄏㄚ（ha）」。

＊註：為了統一標記，本文內的子音 ㄱ、ㄷ、ㅂ、ㅈ 使用 g、d、b、j 來標記。

激音

發音時吐出的氣要比平聲多。

激音			與母音「ㅏ（a）」結合時……
ㅋ	카	ka	發音為「ㄎㄚ（ka）」。吐出的氣要多一點。
ㅌ	타	ta	發音為「ㄊㄚ（ta）」。吐出的氣要多一點。
ㅍ	파	pa	發音為「ㄆㄚ（pa）」。吐出的氣要多一點。
ㅊ	차	cha	發音為「ㄑㄧㄚ（cha）」。吐出的氣要多一點。

硬音

發音時感覺像是屏住呼吸一般。發音之前稍微停個半拍會比較好。

硬音			與母音「ㅏ（a）」結合時……
ㄲ	까	kka	發音為「ㄍㄚˋ（kka）」。
ㄸ	따	tta	發音為「ㄉㄚˋ（tta）」。
ㅃ	빠	ppa	發音為「ㄅㄚˋ（ppa）」。
ㅆ	싸	ssa	發音為「ㄙㄚˋ（ssa）」。
ㅉ	짜	ccha	發音為「ㄐㄧㄚˋ（jja）」。

收尾音

收尾音的韓語是「받침（batchim）」，原本是指「墊子」，在「子音＋母音＋子音」組成的文字中，最後的「子音」稱為「收尾音」，正好位於文字中的底部，並決定發音結束時的嘴型。可以當作收尾音來使用的子音雖然有很多，但**發音僅有「ㄱ、ㄴ、ㄷ、ㄹ、ㅁ、ㅂ、ㅇ」這七個**。

*註：將以日文羅馬拼音做發聲標示。

基本母音

收尾音	發音			如果在「아（a）」後面加上收尾音的話……
ㄱ, ㄲ, ㅋ	ㄱ[k]	악	ak (急促短音)	以「mikka」為例，最後的「ka」不說出口，嘴巴不用閉上。
ㄴ	ㄴ[n]	안	an	以「minna」為例，相當於「n」的發音，嘴巴不用閉上。
ㄷ, ㅅ, ㅆ, ㅈ, ㅊ, ㅌ, ㅎ	ㄷ[t]	앋	at	「以「katta」為例，最後的「ta」不說出口，嘴巴不用閉上。
ㄹ	ㄹ[l]	알	al	以「maru」為例，最後的「u」不說出口，也就是「mar」。在母音前時不太區分〔l〕和〔r〕，但統一標記〔r〕；在尾音時正確說〔l〕的發音且統一標記〔l〕。因此韓文羅馬字標記法特意使用兩個標記而區分〔l〕和〔r〕。
ㅁ	ㅁ[m]	암	am	以「samma」為例，相當於「m」的發音，嘴巴要閉上。
ㅂ, ㅍ	ㅂ[p]	압	ap	以「happa」為例，最後的「pa」不說出口，嘴巴要閉上。
ㅇ	ㅇ[ng]	앙	ang	以「manga」為例，最後的「ga」不說出口，嘴巴不用閉上。

還有「雙重收尾音」，即同時使用兩個收尾音，但通常只有其中一個會發音。

前面的子音要發音的收尾音

收尾音	發音	
ㄳ	ㄱ	k
ㄵ, ㄶ	ㄴ	n
ㄺ, ㄽ, ㄾ, ㅀ	ㄹ	l
ㅄ	ㅂ	p

後面的子音要發音的收尾音

收尾音	發音	
ㄺ	ㄱ	k
ㄻ	ㅁ	m
ㄿ	ㅍ	p

韓語字母一覽表

基本母音

發音	ㅏ a	ㅑ ya	ㅓ eo	ㅕ yeo	ㅗ o	ㅛ yo	ㅜ u	ㅠ yu	ㅡ eu	ㅣ i
ㄱ [g]	가 ga	갸 gya	거 geo	겨 gyeo	고 go	교 gyo	구 gu	규 gyu	그 geu	기 gi
ㄴ [n]	나 na	냐 nya	너 neo	녀 nyeo	노 no	뇨 nyo	누 nu	뉴 nyu	느 neu	니 ni
ㄷ [d]	다 da	댜 dya	더 deo	뎌 dyeo	도 do	됴 dyo	두 du	듀 dyu	드 deu	디 di
ㄹ [r]	라 ra	랴 rya	러 reo	려 ryeo	로 ro	료 ryo	루 ru	류 ryu	르 reu	리 ri
ㅁ [m]	마 ma	먀 mya	머 meo	며 myeo	모 mo	묘 myo	무 mu	뮤 myu	므 meu	미 mi
ㅂ [b]	바 ba	뱌 bya	버 beo	벼 byeo	보 bo	뵤 byo	부 bu	뷰 byu	브 beu	비 bi
ㅅ [s]	사 sa	샤 sya	서 seo	셔 syeo	소 so	쇼 syo	수 su	슈 syu	스 seu	시 si
ㅇ [無聲/ng]	아 a	야 ya	어 eo	여 yeo	오 o	요 yo	우 u	유 yu	으 eu	이 i
ㅈ [j]	자 ja	쟈 jya	저 jeo	져 jyeo	조 jo	죠 jyo	주 ju	쥬 jyu	즈 jeu	지 ji
ㅎ [h]	하 ha	햐 hya	허 heo	혀 hyeo	호 ho	효 hyo	후 hu	휴 hyu	흐 heu	히 hi
ㅊ [ch]	차 cha	챠 chya	처 cheo	쳐 chyeo	초 cho	쵸 chyo	추 chu	츄 chyu	츠 cheu	치 chi
ㅋ [k]	카 ka	캬 kya	커 keo	켜 kyeo	코 ko	쿄 kyo	쿠 ku	큐 kyu	크 keu	키 ki
ㅌ [t]	타 ta	탸 tya	터 teo	텨 tyeo	토 to	툐 tyo	투 tu	튜 tyu	트 teu	티 ti
ㅍ [p]	파 pa	퍄 pya	퍼 peo	펴 pyeo	포 po	표 pyo	푸 pu	퓨 pyu	프 peu	피 pi
ㄲ [kk]	까 kka	꺄 kkya	꺼 kkeo	껴 kkyeo	꼬 kko	꾜 kkyo	꾸 kku	뀨 kkyu	끄 kkeu	끼 kki
ㄸ [tt]	따 tta	땨 ttya	떠 tteo	뗘 ttyeo	또 tto	뚀 ttyo	뚜 ttu	뜌 ttyu	뜨 tteu	띠 tti
ㅃ [pp]	빠 ppa	뺘 ppya	뻐 ppeo	뼈 ppyeo	뽀 ppo	뾰 ppyo	뿌 ppu	쀼 ppyu	쁘 ppeu	삐 ppi
ㅆ [ss]	싸 ssa	쌰 ssya	써 sseo	쎠 ssyeo	쏘 sso	쑈 ssyo	쑤 ssu	쓔 ssyu	쓰 sseu	씨 ssi
ㅉ [jj]	짜 jja	쨔 jjya	쩌 jjeo	쪄 jjyeo	쪼 jjo	쬬 jjyo	쭈 jju	쮸 jjyu	쯔 jjeu	찌 jji

複合母音

發音	ㅐ ae	ㅒ yae	ㅔ e	ㅖ ye	ㅘ wa	ㅙ wae	ㅚ oe	ㅝ wo	ㅞ we	ㅟ wi	ㅢ ui
ㄱ [g]	개 gae	걔 gyae	게 ge	계 gye	과 gwa	괘 gwae	괴 goe	궈 gwo	궤 gwe	귀 gwi	긔 gui
ㄴ [n]	내 nae	냬 nyae	네 ne	녜 nye	놔 nwa	놰 nwae	뇌 noe	눠 nwo	눼 nwe	뉘 nwi	늬 nui
ㄷ [d]	대 dae	댸 dyae	데 de	뎨 dye	돠 dwa	돼 dwae	되 doe	둬 dwo	뒈 dwe	뒤 dwi	듸 dui
ㄹ [r]	래 rae	럐 ryae	레 re	례 rye	롸 rwa	뢔 rwae	뢰 roe	뤄 rwo	뤠 rwe	뤼 rwi	릐 rui
ㅁ [m]	매 mae	먜 myae	메 me	몌 mye	뫄 mwa	뫠 mwae	뫼 moe	뭐 mwo	뭬 mwe	뮈 mwi	믜 mui
ㅂ [b]	배 bae	뱨 byae	베 be	볘 bye	봐 bwa	봬 bwae	뵈 boe	붜 bwo	붸 bwe	뷔 bwi	븨 bui
ㅅ [s]	새 sae	섀 syae	세 se	셰 sye	솨 swa	쇄 swae	쇠 soe	숴 swo	쉐 swe	쉬 swi	싀 sui
ㅇ [無聲/ng]	애 ae	얘 yae	에 e	예 ye	와 wa	왜 wae	외 oe	워 wo	웨 we	위 wi	의 ui
ㅈ [j]	재 jae	쟤 jyae	제 je	졔 jye	좌 jwa	좨 jwae	죄 joe	줘 jwo	줴 jwe	쥐 jwi	즤 jui
ㅎ [h]	해 hae	햬 hyae	헤 he	혜 hye	화 hwa	홰 hwae	회 hoe	훠 hwo	훼 hwe	휘 hwi	희 hui
ㅊ [ch]	채 chae	챼 chyae	체 che	쳬 chye	촤 chwa	쵀 chwae	최 choe	춰 chwo	췌 chwe	취 chwi	츼 chui
ㅋ [k]	캐 kae	컈 kyae	케 ke	켸 kye	콰 kwa	쾌 kwae	쾨 koe	쿼 kwo	퀘 kwe	퀴 kwi	킈 kui
ㅌ [t]	태 tae	턔 tyae	테 te	톄 tye	톼 twa	퇘 twae	퇴 toe	퉈 two	퉤 twe	튀 twi	틔 tui
ㅍ [p]	패 pae	퍠 pyae	페 pe	폐 pye	퐈 pwa	퐤 pwae	푀 poe	풔 pwo	풰 pwe	퓌 pwi	픠 pui
ㄲ [kk]	깨 kkae	꺠 kkyae	께 kke	꼐 kkye	꽈 kkwa	꽤 kkwae	꾀 kkoe	꿔 kkwo	꿰 kkwe	뀌 kkwi	끠 kkui
ㄸ [tt]	때 ttae	떄 ttyae	떼 tte	뗴 ttye	똬 ttwa	뙈 ttwae	뙤 ttoe	뚸 ttwo	뛔 ttwe	뛰 ttwi	띄 ttui
ㅃ [pp]	빼 ppae	뺴 ppyae	뻬 ppe	뼤 ppye	뽜 ppwa	뽸 ppwae	뾔 ppoe	뿨 ppwo	쀄 ppwe	쀠 ppwi	쁴 ppui
ㅆ [ss]	쌔 ssae	썌 ssyae	쎄 sse	쎼 ssye	쏴 sswa	쐐 sswae	쐬 ssoe	쒀 sswo	쒜 sswe	쒸 sswi	씌 ssui
ㅉ [jj]	째 jjae	쨰 jjyae	쩨 jje	쪠 jjye	쫘 jjwa	쫴 jjwae	쬐 jjoe	쭤 jjwo	쮀 jjwe	쮜 jjwi	쯰 jjui

發音的變化

韓語不一定會按照韓文字母來發音。**因為收尾音的關係，發音會有所變化。**不過發音的變化有幾條法則，這裡要介紹一些典型的例子。只要了解基礎法則，之後遇到再學就可以了。

(1) 有聲化

子音「ㄱ、ㄷ、ㅂ、ㅈ」在母音與母音之間，或在收尾音「ㄴ、ㄹ、ㅁ、ㅇ」與母音之間時，發音會變成「ㄱ [g]、ㄷ [d]、ㅂ [b]、ㅈ [j]」等濁音。

例　偶像　　아이돌　　a + i + dol　➡　aidol

例　學習　　공부　　　kong+pu　　➡　kongbu

(2) 連音化

當「ㅇ」跟在收尾音後面時，收尾音的音會移到「ㅇ」的位置並發音。

例　新人　　신인 ➡ 신 + 인 ➡ 시닌
　　　　　　　　　 sin   in   sinin

例　音樂　　음악 ➡ 음 + 악 ➡ 으막
　　　　　　　　　 eum   ak   eumak

(3) 鼻音化

當收尾音「ㄱ [k]、ㄷ [t]、ㅂ [p]」後面接的是「ㄴ [n]、ㅁ [m]」時，會分別發音為「ㅇ [ng]、ㄴ [n]、ㅁ [m]」。

例

宅友　덕메 ➡ 덩메　　做　합니다 ➡ 함니다
　　　deok+me deongme　　　hap+ni+da hamnida

④ 激音化

當「ㅎ」接在收尾音「ㄱ、ㄷ、ㅂ、ㅈ」前後時,這些收尾音會發音成「ㅋ、ㅌ、ㅍ、ㅊ」這四個激音。

- 例 好的　　좋 다　→　좋 타
　　　　　　　jot+da　　　jota

- 例 御宅族　덕 후　→　더 쿠
　　　　　　　deok+hu　　deoku

⑤ 流音化

當收尾音「ㄴ」後面有「ㄹ」,或者收尾音「ㄹ」後面有「ㄴ」時,「ㄴ」要改為「ㄹ」再發音。

- 例 觀賞　　관 람　→　괄 람
　　　　　　　gwan+ram　 gwallam

- 例 一年　　일 년　→　일 련
　　　　　　　il+nyeon　　illyeon

⑥「ㅎ」的無聲化

基本上,收尾音「ㅎ」發音為「t」,但後面若接母音則不發音。此外,子音「ㅎ」基本上發音為「h」,但前面如果有收尾音「ㄴ、ㄹ、ㅁ、ㅇ」,「ㅎ」的發音就會消失,並傾向連音化。

- 例 好　　　좋아요　→　조아요
　　　　　　　jot+a+yo　　joayo

- 例 簽名會　사인회　→　사이뇌
　　　　　　　sa+in+hwoe　sainwoe

漢字數詞（漢式數字）

韓語數字的表示方法分為漢字數詞（漢式數字）和固有數詞（韓式數字）兩種。漢字數詞是以「1、2、3……」也就是阿拉伯數字來表示。主要用於年、月、日、分、秒、價格、電話號碼、房間號碼、身高、體重。

0	공/영	gong / yeon
1	일	il
2	이	i
3	삼	sam
4	사	sa

5	오	o
6	육(륙)	yuk (ryuk)
7	칠	chil
8	팔	pal
9	구	gu

＊「0」有兩個讀法，當表示數字序列（如電話號碼）時，用「공（gong）」；在數學中則用「영（yeong）」。

10	십	sip
20	이십	i-sip
30	삼십	sam-sip
40	사십	sa-sip
50	오십	o-sip

60	육십	yuk-sip
70	칠십	chil-sip
80	팔십	pal-sip
90	구십	gu-sip
100	백	baek

月份說法

1月	1월	ir-wol
2月	2월	i-wol
3月	3월	sam-wol
4月	4월	sa-wol
5月	5월	o-wol
6月	6월	yu-wol

7月	7월	chil-wol
8月	8월	pal-wol
9月	9월	gu-wol
10月	10월	si-wol
11月	11월	sip-il-wol
12月	12월	sip-i-wol

＊「6」的念法是「yuk」，但「6月」不是「yukol」，而是「yuwol」。另外，「10」的念法是「sip」，但「10月」不是「sipol」，而是「siwol」。

固有數詞（韓式數字）

固有數詞用於數東西或算人頭的時候，通常會與表示單位的詞語一起使用。例如「一個、兩個、三個……」。如果是表示時間的字詞，年、月、日、分、秒用漢字數詞，只有時間會用固有數詞，這點要注意。101 以上無法用固有數詞表示，因此使用漢字數詞。

1	하나 / 한	ha-na / han	6	여섯	yeo-seot
2	둘 / 두	dul / du	7	일곱	il-gop
3	셋 / 세	set / se	8	여덟	yeo-deol
4	넷 / 네	net / ne	9	아홉	a-hop
5	다섯	da-seot			

10	열	yeol	60	예순	ye-sun
20	스물 / 스무	seu-mul / seu-mu	70	일흔	il-heun
30	서른	seo-reun	80	여든	yeo-deun
40	마흔	ma-heun	90	아흔	a-heun
50	쉰	swin	100	백	baek

時間說法

1點	1시	한시	han-si	7點	7시	일곱시	il-gop-si
2點	2시	두시	du-si	8點	8시	여덟시	yeo-deol-si
3點	3시	세시	se-si	9點	9시	아홉시	a-hop-si
4點	4시	네시	ne-si	10點	10시	열시	yeol-si
5點	5시	다섯시	da-seot-si	11點	11시	열한시	yeol-han-si
6點	6시	여섯시	yeo-seot-si	12點	12시	열두시	yeol-du-si

＊ 1、2、3、4、20前加上「～點鐘」的「시（si）」或「～個」的「개（gae）」這類單位時，分別會變為「한（han）」、「두（du）」、「세（se）」、「네（ne）」、「스무（seumu）」。

韓語的語序和詞形變化

韓語和日語的語序大致相同。也就是依照主詞、受詞、動詞的順序排列。

Jeoneun　　deuramareul　　bogo　　isseoyo
저는　드라마를　보고　있어요.
我正在追劇。

此外，韓語的動詞和形容詞的原形（刊登在字典裡的型態）是由「**語幹**」和「**다（da）**」構成的。語幹最後的母音是陽母音（ㅏ、ㅑ、ㅗ）的稱為「**陽母音語幹**」，陰母音（ㅏ、ㅑ、ㅗ以外）的稱為「**陰母音語幹**」。

陽母音語幹		陰母音語幹	
가 + 다 ga+da	→ 가다　去 　　gada	먹 + 다 meok+da	→ 먹다　吃 　　meokda

日語的「食べる」在「食べ」（語幹）的後面可以加上不同的語尾，如「食べて」、「食べるから」、「食べます」等來變化，而韓語的動詞和形容詞大致可分為三種變化類型。

型態 1
直接在詞幹後加上語尾。

原形		語幹		語尾		
gada 가다　去	→	ga 가	＋	go 고（做）～	→	gago 가고　走吧
meokda 먹다　吃	→	meok 먹	＋	go 고（做）～	→	meokgo 먹고　吃吧

型態 2
如果語幹的最後一音節沒有收尾音，則可直接接詞尾。如果有收尾音，那就要在語尾加上「으（eu）」。在這種情況下，收尾音的「ㄹ」可能會脫落。

原形		語幹 ※無收尾音		語尾		
gada 가다　去	→	ga 가	＋	nikka 니까　因為（做）～	→	ganikka 가니까　因為要去

原形		語幹 ※有收尾音		語尾		
meokda 먹다　吃	→	meok 먹	＋	eunikka 으니까　因為（做）～	→	meogeunikka 먹으니까　因為要吃

型態 3
語幹最後的母音如果是陽母音，要加上以「아（a）」為開頭的語尾；若是陰母音，則要加上以「어（eo）」為開頭的語尾。這個類型有許多不規則的變化，所以先記住基本規則，之後再慢慢背就可以了。

原形		陽母音語幹		語尾		
gada 가다　去	→	ga 가	＋	ayo 아요　要（做）～	→	gayo 가요　要去

※ 가아요會變成가요

原形		陰母音語幹		語尾		
meokda 먹다　吃	→	meok 먹	＋	eoyo 어요　要（做）～	→	meogeoyo 먹어요　要吃

＊請參考下一頁，判斷語尾屬於哪個類型，善加變化。

各種語尾

日常生活中常用的語尾,將依照上一頁介紹的三種類型來介紹。

型態 1

語尾	意思	例句	翻譯
go sipeoyo 고 싶어요	想要(做)～	Dasi mannago sipeoyo. 다시 만나고 싶어요.	我希望能再見到你。
go isseoyo 고 있어요	正在(做)～	Deurama bogo isseoyo. 드라마 보고 있어요.	我正在看電視劇。
go 고	(做)之後～	Gutjeureul sago gongyeonjange deureogayo. 굿즈를 사고 공연장에 들어가요.	買了周邊商品後進場。
jiman 지만	～,但是	Bogo sipjiman sigani eopseoyo. 보고 싶지만 시간이 없어요.	想看,但抽不出時間。

型態 2

語尾	意思	例句	翻譯
nikka / eunikka 니까/으니까	因為～,所以～	Naeil bangsonghanikka kkok boseyo. 내일 방송하니까 꼭 보세요.	明天會播,所以一定要收看。
myeon / eumyeon 면/으면 jokesseoyo 좋겠어요	如果～會更好	Irwi hamyeon jokesseoyo. 1위 하면 좋겠어요.	如果能得到第一名那就好了。
l/ eul geot ㄹ/을 것 gatayo 같아요	感覺會～	Jaemiisseu geot gatayo. 재미있을 것 같아요.	好像很有趣。
l/eul geyo ㄹ/을게요	我會～	Kkok bolgeyo. 꼭 볼게요.	我一定會看的。

型態 3

語尾	意思	例句	翻譯
a/eo juseyo 아/어 주세요	請～	Norae bulleo juseyo. 노래 불러 주세요.	請唱首歌。
a/eodo dwaeyo 아/어도 돼요	可以～	Yeogi anjado dwaeyo? 여기 앉아도 돼요?	這裡可以坐嗎?
a/eoseo 아/어서	～,所以	Pigonhaeseo iljjik jal geoyeyo. 피곤해서 일찍 잘 거예요.	我累了,所以會早點睡。
a/eo boseyo 아/어 보세요	請試著～	Hanbeon ibeo boseyo. 한번 입어 보세요.	試穿一下吧。

CHAPTER 8　韓語的基本

用詞遣字

韓語和日語一樣,不同場合就會用不同的文體。接下來要介紹最常用的三種句尾表現。

① 格式體敬語:니다

以「-니다(nida)」結尾的句型。相當於中文的「是~」。用於商務或公開場合的正式表達方式。形態會根據前面詞是否有收尾音而改變。

	無收尾音	有收尾音
原形	去　　가다　　gada	吃　　먹다　　meok-da
敘述文	要去　　갑니다　　gam-ni-da	要吃　　먹습니다　　meok-seum-ni-da
疑問句	要去嗎?　갑니까?　gam-ni-kka?	要吃嗎?　먹습니까?　meok-seum-ni-kka?

② 非格式體敬語:요

以「-요(yo)」結尾的句型。相當於中文的「是~」。但口氣比「-니다」體更柔和,適用於一般場合。平敘句、疑問句、命令句與勸誘句的形式一樣,因此必須根據語調或上下文來判斷語意。

　　我要去看演唱會。　　　콘서트에 가요.　　　konseoteue gayo

　　你會聽演唱會嗎?　　　콘서트에 가요?　　　konseoteue gayo
　　　　　　　　　　　　　　　　　　　　　　＊說的時候語調要上揚。

③ 格式體半語

粗魯的用語,也就是所謂的隨意語氣。用於家人和朋友等親密關係。是去掉「요」的非格式體敬語。平敘句、疑問句、命令句與勸誘句的形式一樣,因此必須根據語調或上下文來判斷語意。

　　現在吃吧。　　　　　　지금 먹어.　　　　jigeum meogeo

　　一起吃吧。　　　　　　함께 먹어.　　　　hamkke meogeo

INDEX
索引

單詞索引

數字／符號／A-Z

1 pick／首選	11
ASMR	43
Blu-ray／藍光光碟	36
CD	36
CM（廣告）	39
CP感／有默契的搭檔	29
DM／私訊	43
DVD	36
Killing Part／最洗腦的部分	24
MC／致詞	45
OOLine／OO組	29
TMI	57
T-money卡	46
Vlog／影片日記	36
Wi-Fi	46

1-5劃

一般發售	44
入伍	37
入坑	13
入會	37
刀群舞	25
上傳	42
大學T	49
女團	35
女孩崇拜	66
小型演唱會	33
不合格	32
公開	38
公開錄影	23
公開戀情	37
分享	14
化妝	48

化妝水	48
升級	37
反應	40
反轉	39
反差神、反差王	66
太陽眼鏡	49
巴士	46
手燈／螢光棒	44
支援	29
日本公演	45
日本出道	33
日本成員	35
日圓	46
月火劇	39
水木劇	39
片尾字幕	40
心肝寶貝	66
四次元	66
世界巡迴演唱會	45
主打歌	34
主角	40
主持人	40
主唱	35
主舞	35
主題曲	40
主題標籤	43
主饒舌	35
出道	33
加值／儲值	46
古裝劇	39
台詞	40
失敗	41
打卡美照／IG洗版／曬IG	43
未公開影片	36

本命／推	11
申請	37

6-10劃

任務	41
休坑／暫時退坑	15
全場參加／全勤	45
吃播	43
合格	32
回歸	22
回歸期間中的首次播出	38
回歸期間的最後演出	38
回歸舞台	33
回覆／留言	43
地鐵	46
好吃的	47
字幕	40
宅友	16
宅活	13
安可	45
安宅飯／居家追星族	15
年度歌手獎	33
成功	41
成員	35
收看	38
曲目表／演出曲目清單	45
死守直播	30
老么／忙內	27
老么／忙內	66
有老么魂的長男、長女	66
考試	32
自拍	43
自製影片／自製Vlog	36
行李寄放處	44

串流	36
伴舞	35
位置／擔當	35
作曲	34
作曲家	35
作詞	34
作詞家	35
免費贈送	14
即興表演	41
告別舞台／結業舞台	33
夾克	49
完全體	21
完結篇	39
巡迴演出	45
投票	32
投幣式寄物櫃	46
改版專輯	34
男團	35
身分確認	44
車站	46
乳液	48
乳霜	48
來賓	40
刷榜	31
卸妝	48
取消	44
周邊商品	44
咖啡廳	47
固定班底／核心成員	40
姐姐	28
官方的／正式的／認證的	16
延期	44
拓展海外市場	33
招募	32

泡麵	47		首爾公演	45
狗血劇	39		個人出道	33
直拍照片／飯拍／抓拍／生圖	26		個人演唱會	45
直拍影片／直播／飯拍	27		候鳥粉／花心粉／爬牆粉	13
空位／葡萄果	20		哥哥	28
表情演技	26		唇彩	48
表演	34		娛樂經紀公司／藝人經紀公司	32
表演影片	36		座位	44
金手指／巧手	18		恐怖片	39
金髮	49		站姐	19
保濕	48		站票區	44
前輩	26		粉底	48
封面拍攝	36		粉絲	10
急速上升	42		粉絲見面會／粉絲會	16
星探／挖掘	32		粉絲俱樂部	37
洗臉	48		粉絲團	10
眉筆	48		粉絲簽名會	20
紀念品店	46		迷你專輯	34
紀錄片	39		追星事故／入坑車禍現場	14
美甲	49		追蹤	43
訂閱頻道	42		追蹤者	43
計程車	46		退出演藝圈／引退／告別舞台	33
軍白期	21		退伍	37
軍隊	37		退坑／脫粉	15
重度玩家／死忠粉絲／骨灰級粉絲	17		退款	44
重新回歸	33		逆應援	29
重新活動／恢復活動	33		逆襲／翻紅	23
重播	38		高鐵	46
重播	42		時尚達人	66
限時動態（IG的）	43		破壞王	66
音樂節目	38		**11-15劃**	
音樂劇	45		偶像	32
音樂錄影帶／MV	36		偶像明星運動會	38

副本命／二推	11	喜劇	39
副唱	35	單曲	34
動作片	39	惡作劇／整人	40
售罄	44	提前發售	44
唯粉／單推	12	換錢	46
唱片公司	32	最後一天（終場演出）	45
商品銷售	44	棕髮	49
問答遊戲／猜謎遊戲	40	湯匙	47
宿舍	37	無觀眾	45
專輯	34	發推文	43
帳號	43	結尾妖精	25
彩色隱形眼鏡	49	視訊通話會	20
彩妝教學影片	43	評價	32
得獎	33	評論	42
御宅族／偶像迷	14	評論／心得	19
排行榜	36	週末劇	39
推友	17	開設	43
推坑／傳教／安利	17	開幕之夜／首演／首映	45
推理	39	隊長	35
旋轉門	12	飯店	46
猜拳／剪刀石頭布	41	飯館／小吃店	47
現場直播	38	黑髮	49
甜甜的	47	童顏、娃娃臉	66
眼影	48	愛哭鬼、感性擔當	66
眼線筆	48	腦性男、腦袋性感的男人	66
眼鏡	49	搜尋	42
票	44	新人獎	33
第一名公約	18	新成員	35
被淘汰	33	新歌	34
訪談／談話	40	會員	37
透露／劇透／破哏	22	概念	34
連身裙	49	睫毛膏	48
麻瓜／路人／圈外人	19	筷子	47
勝利	41	節目	38

節目觀賞／錄影觀賞	24		演員	40
節慶／慶典	45		演唱會	45
經紀人	35		精華液	48
聖地巡禮／朝聖	18		綜藝節目	38
腮紅	48		舞擔時刻／舞蹈段落	25
裙子	49		舞蹈	34
解散	33		舞蹈排練影片	36
試鏡	32		舞蹈機器	66
跟風／同款	30		製作人	35
路邊攤／攤販	47		製作花絮／製作過程	36
遊戲	41		認證照／打卡照	43
運動鞋	49		辣炒年糕	47
電視	38		辣的	47
電視劇	39		領唱	35
電影	38		劇本	40
靴子	49		審查	32
預告片	36		寫真集	36
預告片	39		廣告	42
預告片段	36		影片	42
預錄／事錄（事先錄製）	23		撒嬌賣萌／可愛攻勢	25
頒獎典禮	33		撒嬌擔當、可愛擔當	66
飾品／配件	49		撕漫男	66
團粉／箱推	12		播出	38
實況直播（網路）	42		暫停活動	33
實境節目	38		樂團	34
對決	41		模仿	41
對鏡自拍／鏡拍	43		熱狗棒	47
幕後花絮	36		熱門	33
歌手	32		熱搜／即時搜尋趨勢	31
歌曲	34		熱戀	37
歌詞	34		獎品	41
演出	40		盤子	47
演技	40		編曲	34
演奏	34		編舞	34

編舞家	35		韓式烤五花肉	47
編輯	42		韓國泡菜／辛奇	47
練習生	32		轉推	43
			雜食粉／博愛粉	16
16-20劃			雞肉	47
導演	40		顏值	26
機票	46		顏值擔當、門面擔當	66
機場	46		懲罰遊戲	41
燒肉店／烤肉店	47		爆紅（引起話題）	43
糖餅	47		簽名會	20
螢幕截圖	42		藝人	32
褲子	49		懸疑	39
輸	41		饒舌音樂	34
選角	40			
儒教男孩、儒教女孩	66		**21-25劃**	
錄音	36		攝影	42
錄影	38		續集	39
頻道訂閱者數量	42		護膚	48
頻道資訊	42		襯衫	49
餐廳／餐館／餐飲店	47		戀愛	39
鴨舌帽／嘻哈帽	49		觀看	38
應援口號／加油聲	24		觀看次數	42
應援布條／應援手幅	44		觀眾	45
應援禮	30			
應徵	32			
戲劇／話劇／舞台劇	45			
縮圖	42			
總攻（總攻擊）	31			
聯合演唱會	45			
購票	21			
購買	44			
醜聞	37			
隱形眼鏡	49			
韓元	46			

句子索引

數字／符號／A-Z

（向計程車司機說）我要去○○。	163
（在視訊通話中）謝謝你帶給我快樂的時光♡	91
（在餐飲店）請給我菜單。	163
（拿出應援板）請回答這個問題！	83
（拿出應援板）請把這個念出來！	83
（拿出應援板）請擺出這個姿勢！	83
15週年紀念回歸讓人熱血沸騰。	117
MV什麼時候公開？	148
MV的感性氛圍真的超棒。	116
○○在哪裡？	163
OST也太好聽了吧。	119

1-5劃

一、二、三，大家好！我們是○○。	52
一上舞台，宛如他人。	109
一旦掉進坑裡，脫身恐怕不易。	116
一定要知道你們在日本也有超高人氣！	141
一定會沒問題的。	88
一個人最多幾個？	149
了解！	126
上次的那部電視劇實在是太好看了！	73
上次的綜藝節目真的很有趣！	72
下次什麼時候來日本呢？	81
下次什麼時候來日本呢？	147
下次我想看到酷炫的概念。	145
千萬別錯過！	63
大家一起來玩吧！	56
大家今晚的節目看了嗎？	61
大家比較喜歡哪套服裝呢？	61
大家要多多收聽喔！	63
大家都很可愛，讓我的幸福感完全充滿電。	129
大家想我們嗎？	60
大家新歌都背了嗎？	61

大結局真的讓人非常感動（哭）	118
小心，心臟受不了！	116
不要一個人承受痛苦／別一個人悶在心裡。	89
不要走！	106
不要勉強。	93
不錯不錯！	127
之後我會寫評論！	131
什麼？	126
今天也來刷榜吧！	122
今天的TMI是什麼？	79
今天的音樂節目你看了嗎？	121
今年是新人偶像團體豐收的一年。	117
今後也要一起共創更多美好的回憶喔。	55
今後也請多多支持OO（團體名）。	153
今後我會努力展現更好的一面。	55
今後還請多多支持與鼓勵。	65
今晚我會在IG實況直播。	59
內用。	163
午餐吃了什麼？	79
太好了！／耶～！	127
太扯了吧？／不可能！	126
太過分了！	127
太耀眼了，讓我無法直視。	75
心情就像雲霄飛車，起伏太大……	119
手燈有缺陷，我想退貨。	144
日本公演時我想給成員一個驚喜。	145
日本的粉絲俱樂部什麼時候會成立？	148
日語主持人真厲害！	130
比個手指愛心！	106
比個臉頰愛心！	106
主角簡直就是開了外掛。	118
他一出場就很帥氣。	130
他天生就是當明星的料。	110
他好像是坐在這個位子上！	137

他的氣場真是非同小可。	129
他的臉跟娃娃一樣小。	129
出道是我的夢想。	53
去事務所巡禮吧～！	137
去看生日廣告吧！	137
可以吃到一樣的東西真幸福！	137
可以把米花圈送到表演場地嗎？	146
可以使用 Wi-Fi 嗎？	159
可以刷卡嗎？	147
可以拍照嗎？	159
可以退款嗎？	148
可以稍微透露一下回歸的內容嗎？	84
可以給我一個擁抱嗎？	85
可愛到讓人心醉神迷。／太萌了吧！我直接暈倒！	110
可愛值爆表。／太可愛了，簡直犯規。	110
市售的手燈可以帶進場嗎？	147
本人比照片更帥氣！	71
永遠感謝大家的支持與陪伴。	64
生日快樂！	87
目標是播放一億次！	122

6-10劃

任何概念都能駕馭。	77
伏筆回收讓我起了雞皮疙瘩。	119
先拿號碼牌再去排隊吧。	113
光是呼吸著同一片空氣就覺得幸福。	129
光是預告片就已經贏了。	115
全世界的人趕快來看這個！	120
全部成員都是顏值擔當（門面擔當）！	112
全體成員都登場了！	135
再大聲一點！	57
再次相見之前要好好保重身體喔。	55
再見。	69
再來一次！	57

吃飽了嗎？	61
因擔心轉售問題，請考慮採用訂單式的生產方式。	144
在○○（對方的名字）的歌中得到安慰。	72
在回歸前如此忙碌的時刻謝謝您！	152
在這張專輯裡你最喜歡的歌曲是哪一首？	79
在網路上買吧。	133
多虧了○○（對方的名字），讓我成為了世界上最幸福的偶像迷。	91
好久不見。	69
好可愛喔！	74
好可愛喔！	106
好好笑喔。	125
好香的味道喔！	71
好捨不得拆開喔！	134
好想結婚喔。	113
好酷喔！	75
好酷喔！	106
如果要組成團體，誰是最佳人選呢？	81
安可的時候舉辦閃光活動如何？	145
尖叫吧！	57
成員之間感情融洽，心都要融化了。	113
成員的代表色是○○。	53
成員們之間的和睦讓我感到溫馨。	72
有什麼特別愛吃的嗎？／最愛的美食是什麼？	79
有安排補演的計劃嗎？	148
有沒有人願意用這張卡跟我換○○的卡呢～！	135
有沒有已經賣完的商品呢？	149
有計劃舉辦粉絲見面會嗎？	147
有寄放行李的地方嗎？	159
有專門讓日本人參加的節目觀賞行程嗎？	148
有意參加的人請從這裡註冊。	123
老么潛力爆發！／忙內放大絕了！	111
自出道以來我就一直支持你們。	69
自製的應援布條（應援手幅）可以帶進場嗎？	147
低音讓我的耳膜快要融化。	76

INDEX 索引

你下一個目標是什麼？	81
你用什麼香水？	80
你好。	69
你有打算換髮色嗎？	80
你有想去日本的什麼地方嗎？	80
你到日本後想吃什麼呢？	80
你的作詞才華真是出眾。	76
你的笑容很迷人！	75
你的飯店室友是誰？	81
你是最棒的領袖。	77
你是誰的粉絲呢？	160
你從什麼時候開始應援的？	161
你喜歡什麼歌？	121
你喜歡的日語單詞是什麼？	80
你喜歡的服裝是什麼？	79
你喜歡的歌詞是什麼？	79
你喜歡的舞蹈動作是什麼？	79
你喜歡哪個成員？	121
你喜歡哪個團體？	121
你最近學到的日語是什麼？	80
你跟哪個成員最要好？	81
你覺得自己像哪種動物呢？	81
別自責。	89
別哭，乖乖聽話會有回報的。	131
完全被這份美豔給迷住。	112
完全被這次的概念圈粉了！	152
完全被韓國電影迷住了，無法自拔。	119
完全被戳中了心。	110
完蛋了。	127
巡迴演出期間可別受傷喔。	93
希望大家多多關注與支持！	62
希望未來也能繼續與大家在一起。	65
希望能為每個成員搭配適合他們的服裝。	145
希望能優待W會員……（哭）	141

希望過去的影片也能加上日語字幕。	142
希望韓國的發售日那天，日本也能同步開賣。	142
我24歲了。	59
我一直在等待你的回歸。	72
我一直很想你（們）。	55
我也是這麼想的。	125
我不要拆，要拿來裝飾。	134
我不喜歡吃甜的東西。	53
我不想看到成員因為惡評而傷心。	143
我今天也要為本命努力工作。	111
我今天是來拍攝的。	59
我去看演唱會了。	72
我只想自己知道。／只想把這份美好藏在心裡。	111
我正在尋找願意轉讓周邊的人。	123
我正在策劃生日應援活動。	122
我正在學韓語。	69
我永遠不會忘記今天的。	73
我永遠愛你。	73
我全部都想要。	133
我好想你喔。	70
我有件事想拜託○○（對方的名字）……	83
我希望可以改善一下攝影技術／運鏡。	142
我希望你哪裡也不要去，看著我就好。	55
我希望你能記住我。	85
我希望能發行演唱會DVD。	141
我希望能給成員們一些休息時間。	144
我每天都在聽○○（對方的名字）的歌。	72
我抽中我的本命了！	135
我抽到好位子了！感謝感謝！	152
我的本命一個也沒出現。	135
我的記憶斷片了。／我的腦袋一片空白。	131
我的視覺系糧食。	112
我知道你很忙，但還是要注意身體喔。	93
我花一天就追完了。	118

我非常努力地在準備。	63
我非常尊敬你努力不懈的模樣。	77
我非常緊張。	71
我很緊張,但表現得還好吧?	61
我是○○(團體名)的▲▲(成員名)。	53
我是○○的粉絲。	161
我是你的粉絲。	68
我是第一次來見你的!	71
我為了今天很努力地在工作(學習)。	71
我要外帶。	163
我要兩張S席座位。	159
我要到哪裡轉車呢?	163
我要停止收藏周邊。	134
我要參與電視劇的演出。	59
我要買三本,一本欣賞、一本收藏、一本拿來推坑給別人!	132
我要複製這個構圖!	137
我們去生日咖啡廳巡禮吧!	137
我們回歸了!	58
我們來交換聯絡方式吧?	161
我們的表演怎麼樣?	61
我們的青春。	117
我們是你的後盾!	89
我們這些粉絲要不要送台咖啡車?	123
我們這些粉絲要不要集資做個應援廣告?	123
我們這些粉絲會永遠支持你的。	89
我們會分發杯套。	123
我們會分發應援布條(應援手幅)。	123
我們會守住你的位子。	89
我從五年前就開始應援。	161
我從日本來的。	69
我現在要拆封囉。咚咚!	134
我被本命的眼神電到了啦!	129
我被舞台上的反差給吸引了!	77
我喜歡吃牛肉燴飯。	53

我喜歡你和OO之間的化學反應,所以請多公開一些自拍!	84
我喜歡那樣的你!	113
我喜歡服裝、布景和攝影手法!	116
我喜歡散步。	53
我無時無刻都在想你們。	55
我想去OO媽媽開的咖啡店!	137
我想多看看OO(成員名字)的演技!	145
我想守護你。／好想放在手心裡呵護。	111
我想要一首能欣賞OO(成員名字)甜美嗓音的歌曲。	145
我想照顧你一輩子。	111
我愛你!	106
我愛你們。	54
我愛得要命。	71
我會一直等下去的。	89
我會一輩子追隨管理團隊的。	151
我會永遠為你的幸福祈禱。	89
我會永遠為你應援。／我會永遠支持你。	93
我會更加努力,以回報大家的支持。	65
我準備了滿滿的禮物,請收下!	135
我當了兩年的練習生。	53
我還以為他吞下了CD。	128
我還想再去!	131
把這個當作縮圖實在是太有品味了!	153
每個人都耀眼到讓我看不清楚。	129
求日文字幕!	142
沒錯。	126
走吧!	57
辛苦了。	151
那是夢嗎?	131
供給量太多、太幸福了。	150
制服風的穿搭真可愛!	117
周邊收到了!	134
周邊的資訊終於出來了!	133
周邊產品的設計正在進化!	153

INDEX 索引

周邊會重新販售嗎？	148
姐姐（哥哥）是我的偶像。	77
抽籤需要號碼牌嗎？	149
拍張紀念照吧。	57
放下物欲吧！	135
放假時我會在家裡輕鬆度過。	53
玩得開心嗎？	61
花美男。	112
表情變化很有魅力。	77
表現力太豐富了！	77
保養皮膚的秘訣是什麼？	80
咦！？？	125
哇～真好！	127
哎呀！	127
很高興見到大家。	55
很高興見到你。	71
很高興和你聊天。	161
很高興您加上了日語的主題標籤。	152
很高興認識你。	69
很期待耶！	161
很榮幸能夠獲得這麼棒的獎項。	65
怎麼會這樣……／天啊……	126
怎麼辦？	126
故事情節緊湊，令人心驚膽跳……	118
是嗎？	126
洗手間在哪裡？	159
為什麼你的臉這麼小？	75
看了（聽了）《○○》（作品名）之後我就入坑了。	69
看我、看我！	106
看起來像小嬰兒。／根本就是吃了防腐劑嘛！	111
美得令人窒息。	75
要不要在回去的路上順便去吃個飯呢？	161
要再來日本喔。	85
要多吃一些好吃的東西喔。	93

要注意保暖，睡個好覺。	93
要怎麼樣才能像○○（對方的名字）一樣可愛呢？	80
音源強者。	109
音樂錄影帶已經公開了。	59
首次公開新歌。	63
原來如此。	125
原來我的本命不是幻覺！	129
哭爆了。	127
恭喜出道五週年！！	87
恭喜你出道！	86
恭喜你高中畢業！	87
恭喜你參加電影（戲劇）演出！	87
恭喜你達成目標！	87
恭喜你奪冠！	87
恭喜你獲得新人獎！	87
恭喜達成一億觀看次數！	87
拿到第一名了。	59
時隔多年再相見，看著他們在舞台上同框，內心澎湃不已。	117
真的假的？	124
真的就是這樣！	125
真是惹人愛啊。	110
真愛讓人痛苦。	113
祝你有個好夢。	93
神級作品來了！	151
粉絲服務（飯撒）之神。	109
粉絲服務（飯撒）真的做得很到位。	130
粉絲信要寄到哪裡呢？	147
粉絲俱樂部的特典收到了！感謝感謝！	153
能夠與你生活在同一個時代是我的幸福。	91
高音部分讓我起雞皮疙瘩。	76

11-15劃

偶像中的偶像！	109
偶像界的神話。	117

商品還沒到。什麼時候出貨的呢？	149
專業意識很強。	109
從頭到腳都完美無瑕。	76
接下來要追哪齣戲呢？	119
推薦的菜色是什麼？	163
敗家魂上身了⋯⋯／手滑了啦！	133
現場演唱很穩定。	76
現場演唱讓人起雞皮疙瘩。	130
甜蜜的場景讓人心動。	118
被周邊包圍的幸福感滿滿⋯⋯	134
被萌到升天，此生已無憾。	113
這一定會大受歡迎的。	115
這一排人是怎麼一回事⋯⋯	133
這一幕我這輩子都不會忘記的。	57
這人絕對是搞笑擔當！	113
這刀群舞也太整齊了吧！	116
這次的周邊好可愛喔！	133
這次的周邊怎麼樣？	121
這次的演唱會你會去嗎？	121
這次造型的帥氣值爆表了！	153
這完全是女神等級嘛！	112
這些周邊有幾種？	149
這些周邊是隨機的嗎？	149
這是一部值得一看的電影。	119
這是一場頂級水準合作。	117
這是什麼可愛的生物啦！	110
這是在排什麼呢？	159
這是最後一首歌。	57
這是最棒的表演。	72
這是隊伍的最後面嗎？	159
這段舞蹈簡直絕了。	76
這段饒舌太厲害了！	76
這首新歌太棒了。	72
這個多少錢？	163

這個角色很適合你。	73
這個周邊以後可以在網路上購買嗎？	149
這個周邊我很滿意！	134
這個周邊是限定現場購買的嗎？	149
這個座位在哪裡呢？	159
這個組合根本就是為我量身打造的！	117
這副歌真的超級洗腦！	115
這張直接男友感拉滿！	113
這裡是本命去過的店！	137
這裡就是MV的拍攝地點！	136
這歌太神，害我無限循環！	115
這歌單也太狂了吧。	130
這演技直接封神。	119
這腿看起來簡直有五公尺長。	129
這舞蹈動作帥到炸！	115
這樣我就能活下去了！	131
這樣見面已經是第三次了。	71
這聲音直接讓人耳朵懷孕！	115
這齣戲是我追劇人生的天花板。	118
通訊中斷無法收看直播。該怎麼辦才好呢？	148
喝采聲真是驚人。	130
最近在OO（團體名稱）裡流行什麼？	81
最近有好好休息嗎？	93
最近看起來更美了！	75
最近迷上的東西是什麼？	78
最近常聽的歌曲是什麼？	79
最強的團隊合作。	77
期待再次相見的那一天。	73
期待著您的留言或私訊。	123
期待幕後花絮公開。	142
期待續篇！	119
無法來到現場的各位，我也愛你們。	55
等等，我快不行了。／啊啊～我直接陣亡。	110
結局真是大快人心。	118

給我半顆心！	106
視訊通話的時候聽不到聲音。該怎麼辦才好呢？	148
視覺大咖。	112
進場時請確實審核身分。	141
嗯。	126
愛情線令人著急抓狂！	118
感謝大家的厚愛。	65
感謝大家長久以來的支持。	65
感謝各位的支持，我們終於出道一週年了。	65
感謝你分享評論！	121
感謝你們提供握手會取消的補償活動。	152
感謝您延期而不是取消。	152
感謝您長久以來為粉絲帶來快樂。	152
感謝您珍惜日本的粉絲。	152
感謝您與所有成員續約！	153
敬請期待。	63
敬請期待今後的表演。	63
敬請準時收看。	63
新的電視劇我一定會看。	73
新歌太棒了！	114
新髮型超級襯！／這髮型簡直神選！	75
會場熱鬧非凡！	130
會緊張耶。	161
準備好了嗎？	57
當然。	125
經典中的經典。	115
經紀公司的聲明充滿了愛，非常了不起。	153
腦袋卡住了。	110
試著依靠其他成員看看。	89
跟本命同款耶！太好了♡	134
跟我揮揮手！	106
跳舞時的身體曲線很美。	76
運氣太差了（哭）	135
運氣全都用光了……	135

對我眨眼！	106
歌詞讓我非常感動。	115
演技令人感動。	73
演唱會巡迴行程已經確定了。	59
演唱會的日程何時公佈？	147
瘋狂截圖。	116
管理團隊，您動作也太快了吧！	151
管理團隊中有真正的偶像迷吧？	151
管理團隊您實在是太優秀了……	151
管理團隊還真是了解偶像迷的心……	151
與眾不同的風格。／超越次元的風格。	75
舞台職人。	109
舞技爆發性進步，讓我感動到哭。	116
語彙能力已到極限。	108
厲害！	125
暫時無法見面實在太令人難過了……	73
確實如此。	125
練習的付出感覺得出來。	116
誰是你的榜樣？	81
請不要太勉強自己。	151
請不要惡意剪輯。	145
請公平地分配工作給成員。	144
請加強伺服器。	142
請加場演出。	141
請叫我〇〇（自己的名字）！	82
請在日本也販售韓國公演的周邊。	143
請在日本也舉辦公演！	140
請在日本也舉辦粉絲見面會。	141
請在日本也舉辦簽名會。	141
請在可以容納更多觀眾的地方進行演出！	141
請你退款。	144
請你換成新產品。	144
請你暫時成為我的男朋友。	85
請告訴我一個與成員有關的趣事。	84

請告訴我你們喜歡的部分。	61
請投票給這位練習生！	122
請和我結婚！	85
請延長公開期間。	142
請保護成員。	144
請重新販售周邊。	143
請限制周邊的購買數量。	143
請唱《OO》（歌名）！	84
請唱生日快樂歌！	83
請問要怎麼去OO呢？	162
請問應援禮該寄到哪裡去？	147
請將照片修得更自然一些。	145
請設計一個能讓OO（成員名字）脫穎而出的舞蹈。	144
請握住我的手。	85
請替我加油。	83
請給我一句讓人心動的話！	84
請給我一些鼓勵的話！	84
請給我一個Morning Call。	85
請給我看你最可愛的姿勢！	84
請跟著關鍵舞步一起跳。	63
請對我說「生日快樂」。	83
請對我說「愛你」。	83
請摸我的頭。	85
請與OO合作！	142
請增加周邊的產量。	143
請撒嬌給我看！	84
請儘速採取對策。	143
請檢討是否關閉留言區。	143
賣完了。	133
餘韻猶存，久久揮之不去。	131

16-20劃

整個人都是滿滿的撒嬌感。／這撒嬌值直接爆棚。	111
錢包大開的鐵粉。	133

嚇死我了～！	127
壓倒性的魅力。	109
應援口號記下來！	122
獲得新人獎了。	59
總是很有禮貌。	109
謝謝大家給我第一名這個禮物。	65
謝謝你上傳照片～！	91
謝謝你出道。	91
謝謝你克服了艱難的時期。	91
謝謝你來日本。	91
謝謝你來到這個世界。	90
謝謝你們帶來最棒的舞台！／謝謝你們帶來精彩的表演！	91
還有現場票嗎？／今天還有票可以買嗎？	158
韓國的演唱會怎麼樣？	121
點擊率好像因為垃圾評論而下降。	143
簡直是神級寶寶…♡	111
簡直就是雕像。	112
離舞台超近的。	130
顏值天才。	112

21-25劃

歡迎追蹤！	123
體感時間只有5秒。	131
讓OO（團體名）一起走向世界舞台吧！	153
讓我們一起慶祝吧！	122
讓我們只走花路吧。	92
讓這個標籤霸佔熱搜吧！	122
讓新歌衝上第一名吧！	122

推活讓世界更寬廣！韓語篇

作　　者	柳志英、南嘉英
監　　修	幡野泉、劇團雌貓
繪　　者	あわい Awai
譯　　者	何姵儀
責任編輯	鄭世佳 Josephine Cheng
責任行銷	曾俞儒 Angela Tseng
封面裝幀	木木 LIN
版面構成	譚思敏 Emma Tan
校　　對	楊玲宜 Erin Yang
拼音核對	李頭龍 DUYONG LEE
發 行 人	林隆奮 Frank Lin
社　　長	蘇國林 Green Su
總 編 輯	葉怡慧 Carol Yeh
日文主編	許世璇 Kylie Hsu
行銷經理	朱韻淑 Vina Ju
業務處長	吳宗庭 Tim Wu
業務專員	鍾依娟 Irina Chung
業務秘書	陳曉琪 Angel Chen
	莊皓雯 Gia Chuang
發行公司	悅知文化 精誠資訊股份有限公司
地　　址	105台北市松山區復興北路99號12樓
專　　線	(02) 2719-8811
傳　　真	(02) 2719-7980
悅知網址	http://www.delightpress.com.tw
客服信箱	cs@delightpress.com.tw
ISBN	978-626-7537-80-0
建議售價	新台幣420元
初版一刷	2025年04月

國家圖書館出版品預行編目資料

推活讓世界更寬廣!. 韓語篇/柳志英, 南嘉英作；
何姵儀譯. -- 初版. -- 臺北市：悅知文化精誠資訊
股份有限公司, 2025.04
面；公分
ISBN 978-626-7537-80-0 (平裝)
1.CST: 韓語 2.CST: 讀本

863.55　　　　　　　　　　　　114001867

建議分類｜休閒趣味／語言學習

原作 Staff List｜
〔企劃・執筆・編輯〕澤田未來 Miku Sawada
〔藝術總監〕北田進吾 Shingo Kitada
〔原書設計〕キタダデザイン Kitada Design inc.

著作權聲明

本書之封面、內文、編排等著作權或其他智慧財產權均歸精誠資訊股份有限公司所有或授權精誠資訊股份有限公司為合法之權利使用人，未經書面授權同意，不得以任何形式轉載、複製、引用於任何平面或電子網路。

商標聲明

書中所引用之商標及產品名稱「星期一的布魯斯」均屬於原石創意國際有限公司所有，使用者未取得書面許可，不得以任何形式予以變更、重製、出版、轉載、散佈或傳播，違者依法追究責任。

版權所有　翻印必究

本書若有缺頁、破損或裝訂錯誤，
請寄回更換
Printed in Taiwan

Sekai ga Hirogaru Oshikatsu Kankokugo
© Gakken/Awai
First published in Japan 2023 by Gakken Inc., Tokyo
Traditional Chinese translation rights arranged
with Gakken Inc.
through Future View Technology Ltd.

悦知文化
Delight Press

線上讀者問卷 TAKE OUR ONLINE READER SURVEY

為了不讓自己後悔，無論何時何地，我們都要全力應援本命！

——《推活讓世界更寬廣！韓語篇》

請拿出手機掃描以下QRcode或輸入以下網址，即可連結讀者問卷。
關於這本書的任何閱讀心得或建議，歡迎與我們分享 ☺

https://bit.ly/3ioQ55B